KB134220

신조선전기 10권

초판1쇄 펴냄 | 2019년 05월 02일

지은이 | 다물
발행인 | 성열관

펴낸곳 | 어울림 출판사
출판등록 / 2009년 1월 23일 제 2015-000062호
주소 / 경기도 고양시 일산동구 무궁화로 43-55, 801호 (장항동, 성우사카르타워)
TEL / 031-919-0122
FAX / 031-919-0127
E-mail / 5ullim@hanmail.net

Copyright ⓒ2019 다물
값 8,000원

ISBN 978-89-992-5673-8 (04810)
ISBN 978-89-992-4794-1 (SET)

하물 역사판타지 장편소설

신조선
전기

어울림

신조선전기

新

목차

필독

본 소설은 허구입니다. 실제적 역사나 사실과 다를 수 있습니다.

미국을 움직이는 거대한 힘

"비서실장. 경호실장. 잠시 나가주시오. 독대해야 할 것 같소."

"예. 각하."

윌슨이 두 실장에게 자리를 비워달라고 말했다.

두 사람이 나가자 백악관 집무실에는 성한과 윌슨만이 남았다.

윌슨이 성한에게 무겁게 말했다.

"미리 조사를 했소. 필립제이슨을 세운 뒤 포드모터스를 세우고 정유 회사, 조선 회사, 해운 회사, 심지어 금융 회사와 언론 회사까지 설립하고 인수까지 한 것을 확인했소. 록펠러 사장의 스탠더드 오일을 쓰러트린 것도 당신이더군. 그래서 묻고 싶은 것이 있소. 고려는 대체 미국에서 무엇을 원하는 거요? 무엇을 원하기에 이런 짓을 벌인 거요? 당신이 고려 황제의 대리자인데 당신의 대답이 곧 고려 황제의 생각이오?"

"그렇게 보셔도 될 겁니다."

"무엇 때문에 미국의 산업과 경제를 먹어치웠는지 말해보시오."

성한을 노려보면서 윌슨이 물었다.

성한은 호흡도 흐트러지지 않고 차분한 말로 무엇 때문에 미국에 회사를 세웠는지부터 말했다.

첫 이야기부터 충격적이었다.

"25년 전입니다. 정확히는 24년 전이군요. 그때 고려가 어떤 나라였는지 알 겁니다."

"미개한 나라였던 것으로 알고 있소."

"맞습니다. 미개한 나라였죠. 국민들의 사고방식이나 산업적으로나 군사적으로나 세상의 어떤 나라가 보더라도 고려는 미개한 나라였습니다. 그리고 그런 미개함에서 벗어나기 위해 발버둥 쳤습니다. 고려를 못 잡아먹어서 안달 난 세상을 상대로 말이죠."

윌슨 역시 알고 있는 사실이기에 성한의 말에 수긍했다.

"그런 와중에 페니실린에 관한 기술을 개발했고 그것이 돈이 될 거라는 생각이 들었습니다. 그것을 고려에서 만들었다면 어떻게 됐을까요? 보나마나 미개한 나라의 이상한 약이라 소문이 나면서 사장됐을 겁니다. 그래서 미국에서 만들기로 했습니다. 고려 황제 폐하께서 자본을 출연을 하셨고 말입니다. 처음부터 고려의 자본으로 시작된 것이기에 제가 주식의 명의를 이전시킨 것은 본래대로 돌려놓는 것에 불과합니다. 필립제이슨사 설립 이후로 벌어진 일은 아마 각하께서 조사하신 대로일 겁니다."

성한의 이야기를 윌슨이 진지하게 들었다.

그를 통해 필립제이슨사를 세운 성한을 누가 도와줬는지를 알게 되었다.

처음부터 고려 황제였고 그 끝 또한 고려 황제였다.

모든 사정을 알고 의도를 알고자 했다.

윌슨이 다시 성한에게 물었다.

"무엇을 위해서 돈을 벌려는 것이오? 설마하니 고려를 영국과도 같은 나라로 만들려는 것은 아니겠지?"

그리고 다시 성한이 대답했다.

"영국과 같은 나라가 되길 원한다라… 그랬다면 일본과 중국은 이미 고려의 식민지가 되었을 겁니다."

"……"

"처음부터 생존을 위해 돈을 번 것입니다. 고려 편이 되어주는 사람들을 만들기 위해, 그럴 수 있는 미국의 정치가를 만들기 위해, 고려의 산업기반을 닦아줄 회사를 만들기 위해. 그래서 그것들을 전부 이뤘고 지금도 목표를 달성하려는 것은 현재 진행형입니다."

"생존을 위해서 말이오?"

"그렇습니다. 생존을 위해서 후손 번영을 위해서, 여전히 돈을 벌고 기술을 개발하고 산업을 키우고 문명을 끌어올리고 있습니다. 군사력을 포함해서 말입니다. 그 모든 것이 생존과 후손번영을 위한 것입니다."

"그렇다면 위협이 되는 나라는 가만두지 않겠군."

"먼저 싸움을 거는 나라라면 말입니다. 특히 무고한 고려국민을 상대로 해를 끼쳤을 때는 그렇습니다."

"잘못 말한 것 같소. 내 의미는 그게 아니요. 그러기 전에 국력이 근접할 수 있는 나라를 미리 제거하지 않겠느냐는 말이오. 세상의 어떤 나라보다 생존과 후손번영을 꿈꾸는 나라라면 말이오. 나는 고려가 미합중국을 멸망시킬 수 있다는 위협을 느끼고 있소."

한 나라의 권력자로 자신의 국가가 약하다는 것을 인정하긴 몹시 힘들었다.

월슨이 용기를 갖고 성한에게 솔직하게 이야기했다.

작금에 벌어진 상황은 조선이 미국을 산업과 경제로 옭아맨 상황이었다.

월슨이 다시 한번 더 성한에게 말했다.

"우리가 고려를 어떻게 믿어야 하오? 친구라는 것도 동등해야 관계가 성립되지 않겠소? 지금 우리는 절대 동등하지 않소."

그 말에 성한이 미소를 짓고 대답했다.

"동등이라는 것은 인간 자체에 성립되지 않는 것입니다. 다만 직책의 동등, 사람 대 사람, 나라 대 나라로서의 동등만이 존재하죠. 친구도 누구는 강하고 누구는 반드시 약하기 마련입니다."

"고려가 강한 쪽이라고 보시오?"

"강합니다. 이미 각하께서도 그렇게 생각하신다고 봅니다. 그리고 고려는 강한 친구로서 약한 친구를 반드시 도울 겁니다. 그렇게 하는 것이 친구입니다. 친구 대 친구로서 고려와 미국은 동등합니다."

성한의 이야기를 윌슨이 백분 이해했다.

그러나 신뢰에 관한 문제는 여전히 해결되지 않았다.

그의 눈치를 살피고 성한이 한번 더 말했다.

"어차피 백번 물어봐야 한번 보는 게 낫습니다. 그리고 이미 고려가 보여줬지만 그것을 잊었을 수 있으니 다시 기억나도록 만들어 드리겠습니다. 앞으로 한달 이내에 고려를 믿을 수 있는 나라라는 것을 보여 드리겠습니다."

자신만만하게 말하는 성한의 이야기에 윌슨이 눈을 감고 생각에 잠겼다.

그리고 뜨면서 간절한 마음으로 대답했다.

"부디, 그렇게 해주길 원하오."

미국 대통령과 독대한 뒤 문을 열고 그의 집무실에서 성한이 나왔다.

성한이 나오자 밖에서 기다리면서 사람의 접근을 막던 비서실장과 경호실장이 안으로 들어갔다.

그리고 백악관 밖으로 성한이 나왔다.

워싱턴이 주차되어 있었고 그 앞에서 석천이 성한을 기다렸다.

차에 타서 문을 닫은 뒤 석천이 물었다.

"이야기가 잘 되었습니까?"

그 말에 성한이 의미심장한 미소를 지었다.

"나름요? 그런데 말보다 중요한 게 행동인 것 같습니다. 일단은 방향 자체는 나쁘지 않습니다."

만약의 사태를 대비해서 핵 무력시위까지 생각해뒀다.

그러나 그 해결책은 굳이 쓰지 필요할 것 같지 않다는 생각이 들었다.

이후 성한은 뉴욕으로 돌아가서 뉴월드타임스 사장을 만났다.

뉴월드타임스 사장에게 주식의 소유가 바뀐 것을 알리고 그를 놀라게 했다.

그리고 본래 조선 황제의 내탕금으로 회사가 세워진 사실을 알렸다.

"그러면 어떻게 기사를 써야 합니까?"

사장인 켄트의 물음에 성한이 말했다.

"사실대로 전하십시오. 그러나 미국에서 있었던 고려인들의 행적도 함께 알려주시기 바랍니다. 그동안 고려 황제의 자본으로 설립된 직원들의 인터뷰를 실어주세요."

보도의 방향이 결정되고 진실을 세상에 알리기로 했다.

성한이 켄트를 만난 지 며칠 지나지 않아서였다.

미국 전역의 가판대에 특종 기사를 실은 신문이 채워지고 사람들이 그것을 사서 읽기 시작했다.

신문 전면의 제목부터 충격적이었다.

"고려 황제가 포드모터스의 대주주라고?"

"포드모터스뿐만이 아냐…! 필립제이슨, ABM, 대한로드쉽, US인더스트리까지 모두 고려 황제의 회사였어! 어떻게 이런 일이……!"

"우리나라의 산업과 경제가 고려에 집어삼켜졌어……."

"맙소사……."

경악하며 손으로 입을 가리는 사람들과 다리에 힘이 풀려서 주저앉은 사람들이 있었다.

많은 사람들은 산업과 경제가 조선에 집어삼켜져서 미국이 식민지가 된 것 같은 느낌을 받았다.

그러나 그런 걱정을 한 기사가 덜어냈다.

[미국의 산업과 경제를 떠받치는 회사들이 고려 황제가 대주주로 있는 회사로 밝혀진 것은 큰 충격이다. 그러나 그것을 미국의 산업과 경제가 고려에 삼켜졌다고 생각하는 것은 과장이며 예상치 못한 악재를 불러들일 수 있다.

여전히 미국의 여러 다른 기업이 살아 있고 미국의 산업과 경제를 지탱하고 있다.

미국의 산업과 경제에 고려의 비중이 커진 것은 사실이나 고려인에 의해서 세워진 기업 덕분에 미국의 국력은 영국을 거의 능가했고 시민들의 생활 또한 풍요 속에서 문명을 누리고 있다. 여태 미국의 번영과 발전이 이어지는 동안 달라진 점은 미국의 일부 회사가 고려인의 회사로 밝혀진 것밖에 없다.]

그리고 식민지배를 당하는 것이 아니라는 사설이 쓰였다.

[피식민지배는 정치권력과 자위권, 영토 주권을 다른 나라에게 빼앗긴 상태를 말한다. 그러나 현재 미국 정부는 유효하며 미합중국에서 가장 강력한 권력기구의 역할을 하고 있다. 또한 그런 정부를 미국인들의 선택으로 권력을 부여하고 있다.

미 육군과 해군은 여전히 정부의 통제를 받으며 오직 미국 시민의 안전과 재산을 지키고 있다.]

또 한번 조선의 회사이기에 미국의 산업과 경제를 장악한 것이 아니라는 것을 알렸다.

[대주주는 고려 황제지만 경영에 참여하지 않는다. 경영자는 전원 미국인으로 미국을 위한 경영을 하고 미국 사회의 이로움을 추구한다. 이런 회사를 우리는 국제 회사라 부르며 고려와 미국을 아우르는 대기업이라고 말한다. 그리고 그런 대기업이 좋은 역할을 수행할 때 두 나라는 함께 발전할 수 있다.]

'글로벌 기업'이라는 단어를 사람들에게 주지시켰다.
기사를 읽은 사람들의 의식이 변화되었다.
"고려 황제가 대주주이지만 사장은 미국인이라고?"
"고려 황제만 주식 지분을 소유한 게 아냐. 사장과 임원을 포함해서 보통의 미국 시민들도 주식 지분을 소유하고 있다고 기사에 쓰여 있어."
"우리 정치인들도 주식 지분을 가지고 있다고 해."
기업은 주식을 소유한 모든 사람들의 것이라는 내용이었다.
그런 내용의 기사를 읽고 사람들의 불안이 어느 정도 지워졌다.
또 다른 사설을 통해서도 조선에 대한 평가를 했다.

[유럽에서 일어난 전쟁에 참전해 큰 전쟁을 끝낸 고려의 국력은 막강하다. 고려군의 무기는 실제로 세계 최강이라 할 수 있고 그들의 전술 또한 모든 나라의 군대보다도 뛰

어나다. 무엇보다 고려의 산업은 자동차와 선박건조, 정유, 건설, 기계가공을 가리지 않고 최고의 위치를 차지하고 있다. 최근에는 흥선제약을 통해 인플루엔자 치료제와 백신을 개발하고 필립제이슨에 면허생산을 부여하고 있다.

20년 전에 미개한 동양의 일개 국가로 평가되었을지 모르나, 지금은 영국보다도 강한 국력을 지닌 것으로 평가된다.

그런 나라가 전쟁을 치르고 패했던 나라들을 식민 지배하지 않고 책임을 묻되 자주권을 지켜주고 있다.

고려는 식민지를 두고 있는 여러 나라들이 가지 못한 길을 가고 있다. 만약 상생이라는 단어로 명예훈장을 만들 수 있다면 그 훈장은 마땅히 고려에 수여되어야 할 것이다.

고려는 명예조차 세상의 모든 나라를 뛰어넘었다.]

몇몇 사람들은 기사의 내용을 크게 공감했다.

그들은 포드모터스를 비롯한 이희가 대주주로 있는 회사들의 직원이었다.

직원들은 자신들의 임금이 높았던 이유를 알게 됐다.

"어쩐지."

"다른 회사 직원들과 다르게 우리 임금이 높더라고."

"미국 회사였다면 임금이 낮아서 고생해서 돈을 벌었을

거야.”

“고려 회사니까 우리가 그만큼 잘 살았어. 다른 회사에서는 아프면 병원도 못 가.”

US인더스트리 산하의 US오일의 직원이었다.

유전을 채굴하고 정유를 벌이는 회사의 직원들이었기에 아플 일이 많았고, 그로 인해 병원에 가면 비싼 진료비를 내야 했다.

그러나 회사에서 진료비와 수술비를 부담했다.

직원들은 그런 회사를 존경하고 충성할 수밖에 없었다.

그동안 미국 회사라 여기고 있었지만 조선 회사라 밝혀졌음에도 그 마음이 변하지 않았다.

조선 회사에 비하면 다른 회사는 너무나도 비참했다.

“그런 식으로 살 바에 고려 회사에 취직하고 말지.”

“직원들을 귀하게 여기는 것이 고려 회사의 방식이라던데, 우리가 이렇게 대우받는 것도 고려 황제 덕분 아닐까?”

“어차피 사장님이 미국인인데 고려 황제가 대주주일 뿐이지 US인더스트리는 미국 회사야. 미국 주식시장에 상장되었으니까. 미국에 기반을 둔 세계 회사야.”

자신들이 근무하는 회사를 최고로 여겼다.

그리고 사실을 기반으로 미국 회사라고 생각했다.

설령 조선 회사라고 해도 조국에 해를 끼칠 것 같지 않을 것이라고 생각했다.

그때 회사 밖에서 누군가의 외침이 울려 퍼졌다.

"우리는 위대한 미국을 원한다!"

"원한다! 원한다! 원한다!"

"우리는 미국 기업의 탈을 쓴 고려 기업에 대한 강제 집행을 원한다!"

"원한다! 원한다! 원한다!"

거리에서 발생하는 외침에 사람들이 창문 앞으로 모여서 도로를 살폈다.

롱에이커스퀘어 도로 일부를 하얀 옷을 입은 사람들이 행진하면서 시위를 벌이고 있었다.

그들은 하나같이 백인 남자로 이뤄져 있었다.

시위대를 보면서 직원들이 눈살을 찌푸렸다.

"쿠 클럭스 클랜이로군."

"쿠 클럭스 클랜?"

"왜 있잖아. 백인이 세상의 모든 사람들을 지배해야 된다는 광신자 집단 말이야. 노예제를 찬성하던 남부 쪽에 있던 놈들이 이번 일로 뉴욕에 와서 설치는 모양이야. 한동안 저놈들 때문에 시끄러울 것 같아."

일명 'KKK'로 알려져 있던 백인우월주의 단체였다.

1870년에 법적 제제를 받으면서 공식적으로 해체됐지만 전쟁기간 동안 비공식적으로 부활하면서 미국 시민들을 상대로 여론몰이를 행하고 있었다.

또한 위협적인 행위를 서슴없이 벌였다.

시위를 지켜보고 있던 사람에게 조선인으로부터 미국 회사를 찾는데 찬성하는지를 묻고 찬성이라는 대답이 나오지 않으면 즉시 폭행을 가했다.

그들은 시위를 벌이다 롱에이커스퀘어에 위치한 US인더스트리 본사 빌딩을 발견했다.

KKK 단원들이 빌딩으로 뛰어갔다.

"고려 회사다!"

"미개한 동양인 놈들에게서 우리 회사를 찾아야 해!"

달려오는 시위대를 보면서 직원들이 크게 놀랐다.

"이런!"

"놈들이 온다!"

"막아야 해!"

급히 1층으로 가서 난입하려는 시위대를 막고자 했다.

현관에서 몸싸움을 일으키며 야구방망이를 휘두르는 KKK 단원들에게 얻어맞았다.

그러다가 총성이 울려 퍼졌다.

탕!

"헉……!"

"지미?! 어떻게 지미를……!"

탕! 탕!

"아악!"

총을 가진 단원이 몸으로 버티며 앞을 막는 직원들을 향해서 방아쇠를 당겼다.

총알에 맞은 직원이 피를 흘리면서 쓰러졌다.

직원들이 분노를 토했다.

"미친 새끼들!"

시위대의 감정도 격해졌다.

"조국을 미개한 동양에 판 놈들이다! 모조리 죽여!"

"와악!"

시위가 폭동이 되었고 US인더스트리 1층 현관에 화염병이 날아들었다.

몸에 불이 붙은 직원과 단원이 몸부림을 치면서 고통스러워하며 죽음에 이르렀다.

롱에이커스퀘어는 곧 아수라장이 되었고 뒤늦게 출동한 경찰들이 사태를 진정시켰다.

경찰이 시위대를 향해 소총을 쐈고 진압당한 단원들은 어째서 자신들에게 총을 쏘냐면서 고래고래 소리를 질렀다.

체포되어가는 단원이 독을 품고 미국 시민들을 상대로 크게 외쳤다.

"기생충 같은 원숭이 놈들을 모두 죽여야 해! 이곳은 아메리카 합중국이라고! 백인을 위한 나라야! 그런데 어떻게 감히 놈들이 우리 조국을 집어삼켜?!"

체포 된 다른 단원은 중지를 치켜 올리면서 미국 시민들에 대한 비난을 가했다.

"검둥이 노예 새끼들에게 투표권을 주더니 잘하는 짓이

다! 멍청한 놈들!"

그 모습이 전부 신문기자의 사진기 속에 담겼다.

다음 날 뉴욕을 시작으로 미국 전역에 KKK단의 폭력적인 모습이 알려졌다.

디트로이트에 거주하는 시민들도 신문을 읽으면서 뉴욕에서 있었던 일을 알게 됐다.

그들은 심각한 표정으로 신문을 읽었다.

"KKK단이 뉴욕에서 폭동을 일으켜서 US인더스트리에 총격과 방화를 저질렀다는데?"

"US인더스트리면 고려 황제가 대주주인 회사 아니었나?"

"맞아. 그래서 KKK단이 습격을 벌인 거지. 우리 때문에 링컨이 대통령이 되고 흑인에게 투표권이 주어졌다고 모두 죽으라는데, 정말 미친놈들이야."

가만히 있다가 욕을 먹는 기분이 그런 기분이었다.

경찰에 끌려가면서 중지를 치켜세운 KKK단원의 사진이 신문에 실려 있었다.

기사 아래에는 사설이 실려 있었다.

사설을 읽은 디트로이트 시민들의 눈동자가 커졌다.

"이번 폭동으로 고려 황제가 대주주로 있는 회사들이 미국에서 철수할 수도 있다는데?"

"뭐라고? 진짜? 고려 황제가 그랬어?"

"아니, 그냥 사설을 쓴 사람의 예상이야. 공장의 설비와 장비를 **빼서** 다른 나라에 이전시킬 수 있다고 해."

"그러면 그렇게 못 하게 막아야지. 강제 압류하면 되잖아."

"압류해도 포드모터스나 다른 기업이 고려의 기술을 받아서 쓰고 있어서 소용이 없어. 당분간은 몰라도 결국 최고의 기술을 지닌 고려가 미국의 회사들을 송장으로 만들거야. 만약 포드모터스가 미국 밖으로 나가거나 망하면, 우리도 따라 망하게 돼."

"엄한 KKK단 놈들 때문에 엉망이 되겠네."

"미국인들도 주주로 있고 우리 주식시장에 상장되어 있는데 고려 회사라고 주장하면서 압류해야 된다는 것들은 하나같이 멍청하고 지혜가 없는 놈들이야! 그놈들의 행태를 막아야 해!"

"우리도 행진을 벌여야겠어!"

"그래!"

조선 정부나 황제의 공식 발표는 아니었지만 사설을 통해서 미국 시민들이 불안감을 느꼈다.

특히 포드모터스와 US인더스트리의 생산직 직원들이 화들짝 놀랐고 해당 회사의 공장이 위치해 있는 도시민들이 큰 불안에 휩싸였다.

미국 항구도시마다 조선소를 세운 대한로드쉽과 사무기기 생산을 벌이는 ABM, 유통업체의 직원들까지, 신문에 거론된 회사와 관련된 모든 직원과 도시민들이 두려움을 느끼기 시작했다.

어쩌면 미국이 몰락할 수도 있겠다는 생각이 들었다.

포드모터스에서 근무하는 흑인 직원들과 백인 직원들이 뒤섞였다.

그리고 공정한 절차와 시험으로 입사한 여성 근로자들도 나와서 구분 짓지 않고 줄을 선 뒤 옆 사람의 손을 잡았다.

함께 걸으면서 큰 소리로 외쳤다.

"우리 회사는 세계적인 회사며 주주 또한 세계인이다!"

"우리 회사는 미 정부에 적법하고 성실히 납세하고 있다!"

"우리 회사는 나라와 인종과 성별을 구분 짓지 않는다!"

"와아아아~!"

디트로이트 하늘에서 함성이 크게 울려 퍼졌다.

미국이 이민자들의 나라인 만큼 세계적인 기업도 미국에 세워졌다는 논리를 펼치면서 시위를 벌이기 시작했다.

처음에 천명이 시위를 벌였고 그 후에는 5천명의 도시민들이 그리고 만명, 5만명, 미국 전역으로 번지면서 10만명 시위가 각 도시에서 일어났다.

그때까지만 해도 시위를 벌이는 사람들은 휴일을 맞이한 직원들과 가족, 도시민들이었다.

그들의 시위를 어떤 한 신문사의 기자가 사진을 찍었다.

미국 전역의 가판대에 신문이 꽂히고 그중 한 부가 포드의 손에 들렸다.

신문을 읽으면서 포드가 크게 분노했다.

"화이트 아메리카…! 이놈들이 감히 우리에게 조국을 판 배신자라고?!"

"KKK단과 결탁한 신문사입니다. 다른 일부 신문사들도 우리가 미국의 산업과 경제를 고려에게 넘겼다고 기사를 썼습니다."

"더 이상 참을 수 없소, 부사장! 그동안은 우리들에게 화살을 겨누지 않아서 지켜봤지만 이제 우리들도 참을 만큼 참았소! 배신자 소리를 들으면서 조국을 위해 일할 필요가 없소! 괘씸한 놈들!"

신문을 구기고 본사 사장실로 들어갔다.

그리고 전화 수화기를 들고 번호를 돌려서 서재필에게 전화를 걸었다.

서재필이 전화를 받자 격앙된 목소리로 포드가 말했다.

"금일부로 우리는 전면 파업하겠소. 미국인인 우리가 조국을 위해서 일하는데 배신자라는 소리를 들을 이유가 없소. 망할 인종주의자 놈들의 버릇을 반드시 고쳐 놓겠소!"

그리고 다른 회사 사장들에게도 전화를 돌려 전면 파업을 벌일 것이라고 소식을 전했다.

US인더스트리의 사장은 물론이고 시리우스 건설과 아메리카 팩토리 메이커의 사장도 전면 파업하기로 약속했다.

오직 뉴월드타임스만이 보도를 위해 정상적인 업무를 해

나갔다.

고려 황제가 대주주인 모든 회사들이 전부 파업하자 그날부로 미국의 산업과 경제가 완전히 마비되었다.

성한이 이야기했던 한달의 반이 조금 지나서였다.

KKK단이 폭동을 일으켰던 롱에이커스퀘어에서 미국 전역에서 온 시위대가 합류했다.

포드와 서재필이 만나서 악수했다.

"오랜만입니다. 제이슨 사장."

"정말 오랜만입니다."

"워싱턴 D.C에서의 기억이 떠오르는군요. 신문에 나온 기사들을 읽었습니까?"

"봤습니다. 우릴 아예 극악무도한 사람들로 만들어 놨더군요."

"우리가 무너지면 미국 노동자들의 권리도 무너집니다. 우리가 무너지면 이 미국에 인종차별이 다시 도래할 겁니다. 반드시 싸워 이겨야 합니다."

"맞습니다. 포드 사장."

다른 사장들과도 악수를 나눴다. US인더스트리 회장이 목소리를 높였다.

"목표는 화이트 아메리카를 비롯해 우리의 명예를 실추시킨 언론사에 대한 폐간이오! 조국이 정의로운 나라라는 것을 보입시다! 손을 잡고 함께 행진하는 것이오!"

"오오오!"

거리에 모인 시위대만 20만명이 넘었다.

그 안에 흑인과 백인이 있었고 소수의 동양인들이 있었다.

그리고 남자 직원과 여자 직원이 있었고 생산직 초급 직원과 관리직 고위 임원들까지 다양하게 섞여 있었다.

함께 손을 잡고 걸으면서 함성을 높였다.

"우리는 조국을 위해 열심히 일했던 우리의 명예를 되찾을 것이다!"

"우리는 조국을 고려에 판 배신자가 아니다!"

"시기와 증오로 사람들에게 악한 마음을 유도하는 화이트 아메리카는 폐간되어야 한다!"

"화이트 아메리카를 비롯한 사악한 신문사들이 사라질 때까지 우리는 절대 조국을 위해서 일하지 않을 것이다!"

"와아아아~!"

시위대의 함성이 롱에이커스퀘어의 빌딩 창문을 흔들었다.

도로 중앙으로 행진하는 시위대를 보면서 뉴욕 시민들이 이야기를 했고 시위대의 심정이 이해가 간다는 듯이 고개를 끄덕였다.

행진하다가 시위대가 크게 노래를 불렀다.

"오, 그대는 보이는가, 이른 새벽 여명 사이로, 어제 황혼의 미광 속에서 우리가 그토록 자랑스럽게 환호했던, 넓은 띠와 빛나는 별들이 새겨진 저 깃발이, 치열한 전투 중에서도…….”

미국 국가를 부르면서 자신들의 조국이 미국이라는 것을 세상에 드러냈다.

그 사이에 포드가 있었고 서재필이 있었으며, US화학의 사장인 김세연과 US에너지의 사장인 김종민이 있었다.

그리고 대한해운 사장인 이정욱과 모든 인종, 남자와 여자, 심지어 직원이 아닌데 공장이 위치해 있는 도시의 시민들도 있었다.

그들 모두가 하나가 되어서 자신들을 상대로 매국노로 칭한 언론사의 단죄를 주장했다.

시위대가 폭동을 일으킬까봐 출동한 경찰들이 긴장했다.

“조심해. 절대 너희들이 가진 총으로 시위대를 향해서 쏘지 마라. 잘못하면 미국 전체를 상대해야 된다.”

“예. 서장님…….”

성조기가 휘날렸다. 그 아래로 시위대가 당당히 행진했다.

조금 넓은 도로로 나와서 더 많은 사람들이 합류했다.

함께 목소리를 높이며 세계의 미국이라는 구호를 외치기 시작했다.

나무 상자로 된 작은 단상이 차려지고 거기에 사람들이 올라서 세상에 할 말을 전했다.

그중 한 사람은 허름한 양복을 입은 사람이었다.

그럼에도 기품 있고 누가 보더라도 명망 있는 사람이었다.

록펠러가 US인더스트리의 하퍼 사장과 악수를 했다.

"하퍼 사장."

"록펠러 사장.

"사장직을 내려놓은 지 오래입니다. 지난날에 하퍼 사장과 US인더스트리를 상대로 흑색전전을 벌인 것에 대한 용서를 구하고 싶습니다. 혹시 단상 위에서 발언할 수 있겠습니까?"

"물론이오. 그리고 우리는 이미 록펠러 사장을 용서했소. 조국을 위해서 한 말씀 전해주시오."

"감사합니다."

사람들의 응원을 받으며 록펠러가 단상 위에 올랐다.

크게 숨을 들이쉬면서 도로를 메운 시위대에게 가슴에 있던 이야기를 전하기 시작했다.

그는 미국을 호령했던 악덕기업가였다.

[저는 존 데이비슨 록펠러입니다! 그리고 미합중국 국민들이 알고 있는 전형적인 미국의 기업가였습니다!

여러분들도 알다시피 저는 제가 소유했던 스탠더드 오일을 발전시키기 위해서 직원들의 임금을 깎았고 광산에서 인부들을 노예처럼 부렸습니다.

저는 그것이 불법이라 생각하지 않습니다. 언제나 적법

했고 나라 법이 정한 것을 어기지 않으며 최고로 회사를 성장시켰습니다. 그것이 미국 회사의 경영 방식입니다! 아니, 미국인이 대주주로 있는 회사의 경영 방식입니다!

하지만 그런 경영방식이 정의롭다 말할 순 없을 겁니다!

저는 악덕 기업인이었습니다!

그런 저에게 고려인이 대주주로 있는 회사는 충격이었고 제가 감히 추구하지 못했던 바를 이뤘습니다!

우수한 기술을 앞세워 생산량을 높였고 직원들에게 높은 임금과 의료비 지원, 주 5일 근무, 각종 축하금 지원, 인종과 성별을 가리지 않고 능력과 열정에 따라 직원들을 고용하고 세계 최고의 기업으로 성장시켰습니다.

그것이 과연 기술 덕분에 이룬 것이겠습니까?! 만약 예전의 저였다면 생산량을 높인 상태에서 직원들의 임금을 낮추고, 의료비 지원을 거둬들였을 겁니다. 그리고 2교대 근무로 24시간 내도록 공장을 돌렸을 겁니다. 그렇게 해서 더 많은 부를 모으려 했을 겁니다.

무엇을 위해서요? 앞으로 나타날 경쟁업체를 압사시키기 위해서였습니다!

하지만 고려 황제가 대주주로 있는 회사들은 그렇게 하지 않고 상생을 이뤘습니다! 비록 경쟁업체였던 저의 스탠더드 오일을 이기는 것뿐 아니라, 인수를 벌이고 경영난으로 퇴사했던 직원들을 불러들였습니다!

고려 황제가 직접 경영을 하지 않지만 그의 영향을 절대 무시할 수 없을 겁니다!

　그리고 노력하여 경쟁에서 이기지만 패자를 살필 줄 아는 것이 바로 고려인입니다! 전쟁에서 이기더라도 패한 나라를 다시 일으켜 세워주는 나라는 세상에서 고려밖에 없습니다!

　우리는 고려가 어떤 나라며 고려인이 어떠한 사람들인지 바로 알아야 합니다!

　인플루엔자에 전미가 시달릴 때 군함에 실려 있던 치료제와 백신을 빼내서 구호를 벌인 것이 누구였습니까?! 바로 고려 황자와 고려군입니다!

　아이들의 소아마비를 예방하는 백신 제조법을 세상에 공개한 게 고려입니다!

　그들은 영국과 다르고 우리보다 훨씬 선한 나라며 강한 나라입니다!

　그들과 함께 하는 것이 어떻게 두려운 일이 되겠습니까?!

　마지막으로 고려 황제가 대주주인 회사는 미국인 사장과 경영진으로 경영되며, 미국을 위한 미국의 기업입니다! 그 회사들의 주주 중에 미국인도 있습니다!

　절대 고려 회사가 아니라 고려와 미국을 아우르는 세계 회사입니다!]

　연설이 끝나자 사람들이 함성을 일으켰다.

"COREA! COREA! COREA!"

그들의 모든 모습이 번쩍이는 사진기에 담겼고 그 사진은 이내 신문의 전면을 장식하기 시작했다.

미국의 온 산업이 마비되었고 사람들은 대파업을 일으키게 한 언론의 단죄를 요구했다.

뉴욕뿐만이 아니라 미국 전역에서 난리가 일어났다.

그런 보고가 윌슨에게 전해졌다.

수심 가득한 표정으로 마셜이 차분하게 이야기했다.

"하청 업체들이 납품을 못해서 원성을 일으키고 있습니다."

"파업을 벌인 회사들에 대한 원성이오?"

"아닙니다. 그 회사들을 고려 회사라고 욕보인 신문사들에 대한 원성입니다. 폐간을 외치고 있고 화이트 아메리카 지사 중 일부가 불탔습니다."

"불탔단 말이오? 그러면 폭동이 아니오?"

"폭동은 물론이고 혁명까지 일어날 판입니다. 조치를 취하셔야 됩니다. 각하."

"맙소사……."

"고려에 대한 국민들의 칭송이 자자합니다."

보고서 안에 남부의 주지사가 고려 회사라고 비난을 했다가 시민들로부터 폭행을 당한 내용도 담겨 있었다.

남쪽의 텍사스엔 US인더스트리 자회사인 US오일의 정유공장과 US화학의 합성수지 공장이 위치해 있었다.

시민들은 US인더스트리와 함께 생업을 일구고 있었다.

US오일의 파업은 지역 경제에 심각한 불안을 초래하는 일이었다.

파업으로 온 미국이 혼란에 빠져 버렸다.

설마 기업 임원이나 사장들까지 파업에 동참할 줄은 꿈에도 몰랐다.

윌슨이 눈을 감고 성한이 한 말을 머릿속에서 되새겼다.

'고려를 신뢰할 수 있는 나라라는 것을 보여주겠다는 게… 이런 것이었나…….'

미국인이 고려를 믿고 있었다.

피부색과 성별, 노동자와 고용주를 가리지 않고, 고려가 미국을 지배하려는 나라가 아니라 함께 할 수 있는 우방국으로 믿고 있었다.

설령 주요 회사들의 대주주가 고려 황제라고 해도 괘념치 않았다.

오히려 그런 회사들이 미국의 산업을 일으키고 경제 부흥을 일으키고 있었다.

조선 다음으로 미국은 최강대국이었다.

그 정도로 윌슨이 만족했다.

"대통령으로서 입장표명을 해야겠소. 신문사 기자들을 부르시오. 그리고 기자회견을 벌이겠소."

"예. 각하."

전무후무한 대파업이 이뤄진 가운데 윌슨이 나서서 미국

사회의 방향을 정리하고자 했다.

며칠 동안 계속해서 시위와 행진이 이뤄졌고, 혁명을 일으키다시피 일어난 모든 미국인들에 의해서 백인정치를 주장하던 자들과 포드모터스를 고려 회사라 주장하던 사람들의 외침이 잦아들었다.

그 가운데 윌슨이 단상 위에 섰다.

사진기를 든 기자가 백악관 회견실에 모여서 필기구를 들었다.

미국 국장이 새겨진 커튼 앞으로 윌슨이 모습을 드러내고 기자들 앞에서 발표문을 들었다.

그리고 그것을 묵직하게 천천히 읽기 시작했다.

얼굴에 쓰고 있던 안경을 매만졌다.

[우선 저는 미합중국 대통령으로서 고려 황제가 미국 주요 회사의 대주주로 밝혀짐으로 인해서 일어난 혼란을 빨리 수습하지 못한 점에 대해서 사과드립니다.

제가 그렇게 할 수 없었던 것은 고려가 어떤 나라인지 다시 살펴야 했고, 고려 황제는 어떤 사람이며, 그와 고려가 우리 합중국에게 어떤 영향을 주는지 살펴야 했기 때문입니다.

무엇보다 국민들이 고려를 얼마나 신뢰하고 있는지를 중요히 여겼습니다.

첫 번째로 현재 거론되고 있는 회사에 대해서 정부의 입장을 전합니다. 당사의 대주주가 고려 황제인 것은 맞지만 시민들 또한 주식을 소유하고 있고, 저 또한 당사의 주식을 소유하고 있습니다. 때문에 당사는 고려의 회사이기도 하지만 미합중국의 회사이기도 합니다. 무엇보다 미국인이 경영하고 미국인을 고용하고 미국 정부에 납세합니다. 또한 미국 주식시장에 상장되어 있는 바, 이를 두고 따진다면 미국 회사라는 사실에 진실의 무게가 실립니다. 만약 당사들이 불법을 저지른다면 미 연방 헌법을 기초로 하는 주 법률에 의해서 처벌 받을 것입니다.

이를 근거로 하여, 두 번째, 당사를 두고 고려 회사라 주장할 수 있으나 그것이 반대를 목표로 삼거나 증오와 혐오를 목표로 주장되는 것이라면 선동입니다. 사회 혼란을 유도하는 범죄로 다뤄질 것이며, 그것을 일으킨 언론사에게도 반드시 그 책임을 물을 것입니다.

마지막으로 미합중국은 백인의 나라가 아닙니다. 한 세기 전에 많은 흑인이 노예로 취급 받았지만 영국을 상대로 한 독립 전쟁에서 흑인은 백인과 함께 미국을 세웠습니다. 일부 흑인은 노예가 아니었고 정당한 시민권을 가지고 있었습니다. 미국에 거주하는 고려 출신의 시민도 과거엔 고려 국민이었겠지만 지금은 미국인입니다. 미국인이라는 이유 하나로 그들의 조국은 미합중국이며, 앞으로도 미국은 이민자들의 나라며 위대한 개척정신을 지닌 나라로 후대영광을 이룰 것입니다.

앞으로도 정부는 그 점을 견지해나갈 것입니다.]

연설이 끝나자 기자들이 벌떡 일어나면서 크게 외쳤다.

질문이 쏟아져 나왔고 윌슨은 그들에게 대답하지 않고 회견장을 빠져나갔다.

비서실장이 대신 나와서 윌슨이 발표한 것이 전부고 그 것에 맞춰서 모든 조치가 이뤄질 것이라고 말했다.

다음 날 미국 동부 대도시 가게 가판대마다 윌슨의 발표로 신문 전면이 도배됐다.

사람들이 뉴월드타임스의 신문을 사서 거리 곳곳에서 읽기 시작했다.

아침에 모든 사람들이 하나같이 신문을 읽는 모습이 기이했다.

"고려 회사가 아니라 미국 회사라고……?"

"대통령 각하가… 우리 정부가 인정했어……!"

"대통령께서 우리의 명예를 찾아주셨어!"

"USA! USA! USA!"

시위를 벌이던 사람들이 얼싸 안았다.

함께 노숙하며 수염을 기른 포드가 직원들과 포옹하면서 환호를 터트렸다.

여성 흑인 직원과 백인 남자 직원이 손을 잡고 노래를 불렀다.

다시 미국의 국가가 울려 퍼졌다. 그 모습을 멀리서 성한이 지켜보고 있었다.

석천이 환하게 웃으면서 말했다.

"다행입니다. 이제 더 이상 포드모터스나 폐하의 회사를 상대로 위험한 일이 생기지 않을 것 같습니다. 정부에서 미국 회사라는 것을 인정했습니다."

그 말을 듣고 성한이 피식 웃었다가 웃음기를 지웠다.

"잠깐 동안은 괜찮을 겁니다."

"잠깐뿐이겠습니까?"

"예. 잠깐입니다. 악마는 빛이 비춰지는 곳에서 물러날 뿐 사라지지 않습니다. 이 땅에 숨어 있는 악마를 끄집어 낼 겁니다."

석천은 성한의 이야기를 이해하지 못했다.

그러나 그 후에 하는 이야기를 듣고 성한이 어떤 의미로 그렇게 이야기를 했는지 알 수 있었다.

US인더스트리 본사 건물을 습격했던 단원들이 구치소에 수감됐다.

재판을 앞둔 가운데 그들의 행위가 너무나 명백했다.

신문기자들에 의해서 둔기와 흉기를 휘두르고 심지어 권총으로 직원들에게 총격을 가하는 모습까지 사진에 찍혔다.

그 사진은 모두 증거로 쓰일 예정이었다.

권총으로 직원을 죽인 KKK 단원이 구치소 면회소에 들어왔다.

그의 이름은 '토니 마라노'로 경찰 두명이 그를 감시하고 있었다.

철창이 단원과 면회 신청을 한 신사의 공간을 가르고 있었다.

긴장과 궁금증을 느끼며 철창 너머에 서 있는 남자의 얼굴을 마라노가 보려고 했다.

신사의 얼굴을 보고 마라노가 인상을 찌푸렸다.

"원숭이……?"

모자 아래로 동양인의 얼굴이 그림자 져 있었다. 동양인을 보면서 마라노가 물었다.

"누구냐, 넌?"

동양인이 대답했다.

"해리 존스라고 합니다."

"해리 존스?"

"그렇습니다. 저는 고려 황제의 대리인입니다. 이번에 고려 황제가 대주주로 있던 회사에서 난동을 부렸더군요. 그래서 어떤 사람인지 알아봐달라는 부탁을 받아서 면회를 신청했습니다. 총으로 직원을 죽였는데, 지금도 후회하지 않습니까?"

"그럴 리가. 놈들은 기생충 같은 놈들이야. 감히 조국을 먹어치우는 놈들에게 협력하면서 나라를 팔아넘기다니. 죽어도 싸지. 네놈 얼굴을 기억해둘 테니, 출소하기 전에 고려로 돌아가라. 안 그러면 내 손에 뒈질 거다."

자신만만한 표정으로 마라노가 성한을 상대로 협박했다.

그 앞에서 성한이 헛웃음 지었다.

성한의 반응에 마라노가 미간을 좁혔다.

"웃어? 죽고 싶은 모양이군."

성한이 입꼬리를 올리면서 말했다.

"제가 두려워할 필요는 없을 것 같습니다."

"뭐라고?"

"후회한다는 말을 했거나 잘못했다는 말을 했다면 그나마 마지막에는 뉘우쳤다, 라는 식으로 끝낼 수 있었는데 안타깝군요. 덕분에 저도 후회 없이 벌을 내릴 수 있을 것 같습니다."

"뭐가 어쩌고, 어째?!"

"당신."

"……."

"절대 못 살아남아. 증거가 명백해서 사형을 피할 길이 없어. 그건 알고 있어?"

"……."

"형장에서 사형당할 텐데 무슨 수로 날 죽인다는 거지? 안 그래?"

"……."

성한이 구치소에 수감된 마라노의 얼굴을 노려봤다.

사형이라는 단어에 마라노의 눈동자가 심하게 떨렸다.

그에게 성한이 신문 몇 부를 넣어줬다.

"뭐냐, 이것은……."

"읽어 봐. 세상이 어떻게 돌아가는지 알게 될 테니까. 참고로 세상이 네 생각대로 되진 않을 거야."

성한이 건넨 신문이 마라노 앞에 놓였다.

철창 사이에 낀 신문을 마라노가 조심스럽게 받아서 전면의 제목과 기사를 빠르게 훑어 내렸다.

신문을 읽다가 마라노의 눈동자가 뒤집어졌다.

"바보 같은! 그게 어째서 미국 회사야!"

경찰들이 놀랐고 성한은 담담하게 그의 모습을 지켜봤다.

다시 신문을 읽다가 뒤페이지를 읽고 참다못한 마라노가 신문을 갈기갈기 찢었다.

그리고 대통령과 미국 시민들을 상대로 모욕적인 말을 했다.

"등신들! 빌어먹을 놈들! 고려 원숭이 놈들의 개가 되다니! 어떻게 이런 일이……!"

욕설을 토해내다가 핏발 선 눈으로 성한을 노려봤다.

그가 철창을 붙들고 고함을 지르듯이 미국의 운명을 예언했다.

"이렇게 조국을 집어 삼킬 거라고 생각하면 오산이다! 내가 죽더라도 우리 동지들이 네놈을 죽이고 고려 원숭이들을 이 땅에서 몰아낼 거다! 반드시 말이야! 미국은 백인을 위한 나라로 다시 돌아올 거다!"

성한이 반박했다.

"고려는 미국을 지배하지 않는다. 도움을 받았으니 도움을 준다. 그리고 전쟁터에서 함께 피를 흘린 혈맹이다. 고려 황제가 대주주로 미국의 주요 회사를 세웠지만 거기엔 미국의 자본도 포함되어 있고, 무엇보다 경영진이 전부 미국 시민이다. 그리고 미국 주식시장에 상장되어 있다. 그런 회사로 어떻게 미국을 지배할 거라고 보는 거지? 오히려 그런 회사를 통해서 보다 나은 경영으로 미국 시민을 먹여 살리지 않았나? 앞으로도 고려는 미국과 서로 도우면서 지낼 것이다."

"그렇게 먹고 살 바에 몰락하는 게 낫다!"

"뭐라고?"

"명예를 되찾겠다 어쩌겠다 하면서 파업을 벌였을 때 몰아냈어야 해! 그딴 풍요를 누리느니 죽는 게 나아! 장담컨대 고려는 조국을 망하게 하고 우리 국민을 굶겨 죽일 것이다!"

자신만의 생각과 확신으로 가득 차 있었다.

그런 마라노를 보면서 성한이 혀를 내둘렀다. 그리고 의미심장하게 미소를 지었다.

세 치 혀로 어둠에 숨어 있던 악마를 빛무리 사이로 끄집어냈다.

"만약 고려가 미국을 식민 지배한다면… 네가 생각하는

고려의 사악성이 드러나는 것이겠군. 내 말이 맞나?"

"그래! 고려는 사악한 나라다!"

"그렇다면, 몰락이 낫다는 이야기가, 고려가 악한 나라라는 것을 보여주기 위해서 미국이 식민지가 되어야 한다는 이야기로군?"

"뭐……?"

"네놈의 진심 말이다. 네놈이 생각하는 선악 구도를 위해서 미국이 식민지가 되어야 한다는 이야기잖아. 그렇지 않나?"

"……?!"

"정말 개자식이로군. 자기 명예를 위해서 조국이 식민지가 되어야 한다니… 후우…….."

성한이 한숨을 쉬었고 마라노는 어안이 벙벙해져서 당황했다.

마라노는 고개를 돌려 한쪽에 서 있는 다른 사람을 봤다.

그의 손에 무언가가 들려 있었다.

그것은 마라노와 성한에게로 향해 있었다.

그것이 무엇인지 마라노는 몰랐다.

그저 그것에 등지고 있는 성한이 회심의 미소를 짓고 있다는 것을 알았다.

그를 감시하는 경찰들의 표정이 험악했다.

"KKK단의 수준이 이 정도였군. 나라를 걱정한다는 놈들이 정작 자신들의 정통성을 지키기 위해서 미국이 망하기를 원하다니. 쯧쯧쯧. KKK단뿐만 아니라 다른 놈들도 마찬가지겠지? 고려가 미국을 집어삼킬 거라고 말하면서 말이야."

"뭐야!"

"고려 황제의 대리인으로 말하지만 고려는 절대 미국을 지배하지 않는다. 열번 물어도 열번 똑같은 대답을 할 것이고, 미국과 상생하며 기업인들에게는 자부심을, 노동자들에게는 일하는 행복이 무엇인지 보여줄 것이다. 그리고 네놈들은 미국을 백인의 나라라고 말하지만 틀렸다. 모든 인종, 이민자들의 나라, 세계인들의 나라가 미합중국이다! 백인이라는 단어로 미국의 가능성을 제한하지 마라! 어리석은 놈아!"

"원숭이가 감히!"

"형 집행 순간까지 곰곰이 생각해 봐."

"그 입 다물어! 원숭이 놈! 죽여 버릴 거야!"

철창을 뜯어내려는 듯 마라노가 있는 대로 잡고 흔들었다.

그러나 단단한 철창이 그의 팔 힘에 부러질 리 만무했다.

곤봉을 가진 경찰이 난동을 부리는 마라노를 제압했고 그를 성한은 차가운 시선으로 지켜봤다.

그리고 경찰의 안내를 따라 면회소에서 나갔다.

석천이 엘리트폰으로 영상을 촬영했다.

과거로 오면서 딸려온 물건으로 20년 넘는 시간이 지나는 동안 껍질이 벗겨지고 많이 해어져 있었다.

그러나 작동하는 데에는 전혀 문제가 없었다.

집으로 와서 촬영된 영상을 확인했다.

성한이 준비한 덫에 마라노가 걸려들었다.

미국이 몰락하더라도 자신의 판단이 맞길 원한다는 모습이 영상에 담겨 있었다.

그것을 보면서 석천이 미소 지었다.

"이걸로 KKK단은 끝났습니다. 이 영상이 공개되면 어느 누구도 KKK단에 동조할 수 없게 됩니다."

"고려 회사라고 말하면서 배신자라고 주장하던 무리들도 말입니다. 놈들의 생각이 과했습니다."

"이제 징벌만 남았군요."

"벌을 주는 게 아니라 책임입니다. 그들은 그들 스스로에 대한 처우를 자초했습니다. 미국 시민들이 나서줄 겁니다."

대원들과 함께 영상을 편집하고 컬러 영상을 흑백 영상으로 바꿔서 필름으로 재촬영했다.

촬영하면서 음성을 따로 녹음했다.

그리고 뉴월드타임스에 필름과 축음기로 재생되는 레코드판을 보냈다.

다음 날 미 동부를 중심으로 가판대에 신문이 꽂히고 그것을 사서 읽은 미국인들이 크게 충격 받았다.

이를 갈면서 신문을 들고 있던 팔을 떨었다.

"개자식들!"

"조국이 몰락해서라도 자신의 생각이 맞길 바라다니!"

"우리나라를 걱정한다는 놈들이 이딴 말을 지껄여?!"

"KKK단 놈들이 보이기만 해봐! 다 죽여 버릴 테니까! 놈들은 고려 회사 운운하면서 조국이 망하길 바라는 놈들이야!"

"엿 같은 놈들!"

신문을 읽은 모든 시민들이 분노했다.

마라노의 말 한마디가 미국 전역을 들끓게 만들었다.

그리고 고려회사라고 맹비난을 가했던 사람들을 표적으로 삼았다.

그중 백인우월주의자들이 후원하는 '화이트 아메리카'가 응징의 대상이 되었다.

버지니아주 리치먼드 시에 위치한 신문사에, 노예제를 찬성했고 링컨의 북군과 교전했던 남군의 후손들이 찾아갔다.

그들은 나라를 위해서 무엇을 해야 할지 알고 있었다.

문을 부수고 들어가서 급히 숨었던 사장을 찾아냈다.

"빌어먹을 자식! 나와!"

"왜… 왜 이러시오……?!"

"왜냐고?! 몰라서 묻는 거야?! 이 신문을 봐! 그리고 정신이 들 때까지 좀 맞자! 뭐? 우리가 노예가 되어서 정신을 차리길 바란다고?!"

"저…절대, 그런 말을 한 적이……!"

"한 적은 없지! 그런데 그렇게 생각하지! 그러니까 뒈져 개자식아!"

퍽!

"억!"

"죽일 놈! 너 같은 놈들 때문에 저번에 파업으로 고생했어!"

콱! 콰악!

"커헉!"

사장을 끌어내서 몰매를 때렸다.

성난 군중 앞에서 화이트 아메리카의 직원들은 어쩔 줄 몰랐고 이내 시민들에게 끌려 나와서 사장과 마찬 가지로 주먹을 맞고 발길질을 당하면서 비명을 질렀다.

화이트 아메리카를 필두로 조선을 비하하고 비난했던 신문사들이 습격받았다.

화염병이 던져지고 건물이 불타는 경우는 예사였다.

그 과정 속에서 백인 지배를 주장하던 사람이 몰매를 맞고 숨지기도 했다.

경찰이 출동했지만 성난 군중을 잠재울 수 없었다.

도시를 지키는 경찰들이 법 집행을 하려면 자신들에게 지시를 내리는 시장을 뽑는 시민 전체를 진압해야 됐다.

그 와중에 조지아 주에서 한 사람이 거리로 끌려 나와서 몰매를 맞았다.

그는 남북 전쟁 종전 후에 창설된 KKK단을 두번째로 창설한 사람이었다.

'윌리엄 조셉 시먼스'가 비명을 지르면서 살려달라고 말했다.

"사⋯살려주시오⋯⋯!"

"네놈이 뭘 잘못했는지는 알아?!"

"그⋯그것은⋯⋯!"

퍽!

"크윽!"

"나라가 망하라고 얼마나 소원을 빌었겠어! 안 그래?!"

"아⋯ 아니오! 그⋯ 그런 소원은⋯⋯!"

"아니긴!"

퍽!

"컥!"

"입에서 바른말이 나올 때까지 맞아! 망할 놈!"

퍽! 콱!

"크악! 으악!"

시먼스를 둘러싼 사람들이 뺨에 손바닥을 날리고 주먹을 꽂았다.

그를 쓰러트린 뒤 무차별적으로 발길질을 가했다.

다른 KKK단 단원들도 끌려 나와서 몰매를 맞았다.

폭행당하던 시먼스의 비명이 어느새 잦아들고 그의 숨소리조차 지워졌다.

입에서 피를 흘리면서 생기를 머금은 뒤척임마저 사라졌다.

결국 죽게 된 그의 시신 위로 사람들이 일갈하면서 침을 뱉었다.

"역겨운 자식! 칵~! 퉤!"

"썩을 놈!"

사람을 죽였다는 죄책감이 들지 않을 정도로 사람들은 자신들이 정의로운 일을 행했다고 생각했다.

그들은 이미 사자가 된 시먼스의 시신에 몇 번 더 발길질을 가하고 쓰레기처럼 버려뒀다.

그의 시신을 사람들은 일절 치우지 않았다.

폭행당하다가 간신히 살아남은 단원들은 벌벌 떨면서 눈물을 흘렸다.

전미가 분노하는 게 어떤 것인지 몸으로 경험했다.

시민들 중에 자신들에게 총을 쏘지 않은 것을 다행이라고 생각했다.

시먼스의 시신은 결국 들것을 가지고 온 경찰에 의해서 치워졌다.

그렇게 KKK단은 시민들의 습격과 즉결심판을 통해서 완전히 와해됐다.

이후로 백인우월주의를 부르짖던 사람들은 완전히 침묵했다.

입을 여는 순간 이번에는 주먹이 아니라 총알이 날아올

수 있었다.

 적어도 조선이 미국을 식민지배하지 않는 이상 그들이
다시 준동하는 일은 없을 게 분명해 보였다.

                         *   *   *

 미국의 소식이 유럽에도 전해졌다.

 전쟁으로 가동이 중단되었지만 종전이 이뤄지면서 독일
의 포드모터스 공장이 돌기 시작했다.

 프랑스에서도 여전히 많은 양의 차를 생산하고 있었다.

 유럽의 문명에 있어서 이제 미국은 떼려고 해도 뗄 수 없
는 나라였다.

 영국 역시 그 영향에서 벗어날 수는 없었다.

 포드모터스의 대주주가 누구인지 밝혀지자 그 사실을 로
이드조지가 조지 5세에게 알렸다.

 보고를 듣고 조지 5세가 이마를 움찔거렸다.

 "뭐라고 했나…? 미국 기업들의 대주주가 고려 황제였
다고……?"

 "예. 폐하."

 "그게… 가능한 일인가……?"

 "가능과 불가능을 논하기 이전에 사실입니다. 미국 언
론에서 특보로 전해졌고 정부에서도 발표가 이뤄졌습니
다. 윌슨이 고려 기업들을 두고 세계 기업이라고 칭했습니

다."

로이드조지의 보고에 조지 5세의 눈동자가 떨렸다.

제국주의의 시선으로는 조선이 미국을 먹어치운 것으로 여겨질 수밖에 없었다.

그로 인해 큰 두려움을 느꼈다.

조지 5세가 로이드조지에게 물었다.

"우리 회사는? 우리 회사 중에 고려 황제가 주주로 있는 회사는 없겠지?"

로이드조지가 대답했다.

"조사 중입니다만 아직은 없습니다."

"놈들의 식민지배가 이런 방식이었다니! 절대 틈을 보여 줘서는 안 되네! 알겠는가?!"

"예! 폐하!"

"무서운 놈들!"

산업과 기업 경제를 통해서 미국이라는 큰 나라를 집어삼켰다고 생각했다.

그러면서 조선을 크게 경계하고 두려워했다.

영국에 부디 고려 황제의 회사가 없기를 바랐다.

성한이 백악관에서 윌슨을 만났다.

윌슨에게 이희를 대신해서 질문들을 늘어놓았다.

그것은 조선을 위한 것이며 미국을 위한 일이기도 했다.

"KKK단이 미국의 몰락을 소망하는 이적 집단이라는 것이 드러났습니다. 그러면 이제 정부 차원에서 그런 단체의 활동을 막습니까?"

"판결이 남아 있지만 해당 단체의 이름, 성격, 그것을 이은 단체의 결성까지 모두 차단되고 활동을 벌이면 처벌받게 될 거요."

"그러면 더 이상 미국은 백인의 나라가 아닌 게 맞습니까?"

"그래야 하는 나라요. 미합중국은 이민자들의 나라지, 백인들의 나라가 아니오. 미국 시민은 정부로부터 보호받을 것이오."

"좋습니다. 원칙대로 합시다. 그리고 황제 폐하께서 대주주로 계신 기업은 미국 기업입니다."

"그렇게 되는 게 맞소. 나도 그 회사들의 주식을 가지고 있으니."

"이것으로 고려는 미국이 가장 신뢰하는 우방국입니다."

"……."

마지막으로 조선과의 관계를 정리했다.

그리고 조선과 미국이 서로에게 깊은 신뢰를 이루는 나라라고 말했다.

그 말에 윌슨은 곧바로 동의하지 않았다.

마지막으로 남아 있는 불신이 있었다.

"정말로 함께할 수 있는 나라인지 아직 의문이 드오."

진지하게 성한이 물었다.

"그러면 말해보십시오. 어떤 것이 불안을 주는 것인지?"

"……"

"말씀해주시기 바랍니다."

윌슨이 침묵하자 성한이 다시 물었다.

그의 물음에 윌슨은 보좌진들의 얼굴을 살피고 말했다.

"친구라는 게 강한 친구가 있으면 약한 친구도 있을 수 있다는 말에 공감하오. 그리고 강한 친구가 약한 친구를 보호하는 것이 정의겠지. 하지만 그것은 사람 대 사람일 경우에 말하는 것이고 무리 대 무리는 또 다르다고 생각하오. 그리고 나라 대 나라 또한 또 다르오. 우리는 보다 명확한, 우리가 서로의 목숨을 내놓을 수 있는 진정한 친구가 되어주길 원하오."

성한은 윌슨의 하는 이야기를 경청하면서 고개를 끄덕였다.

그리고 고민하다가 미소를 보이면서 제안했다.

조선과 미국의 새로운 신뢰를 구축하고자 했다.

"고려를 방문해보는 것이 어떻습니까?"

"고려를 말이오?"

"그렇습니다. 예전에 루스벨트 대통령이 부통령 시절에 고려를 방문한 적이 있지만 대통령 방문은 또 다릅니다. 국빈으로 고려에 방문하시면 그 불안이 모두 깨질 것입니다. 제가 폐하께 말씀드리겠습니다."

윌슨의 조선 방문을 성한이 제안했다.

그 제안에 윌슨이 다소 고민하는 모습을 보였지만 대답하기까지 시간이 오래 걸리지 않았다.

"가겠소."

조선으로 가서 새로운 세상을 열고자 했다.

그리고 시민들에게 그 세상이 무엇인지 보여주고자 했다.

서양의 통수권자가 최초로 동양을 방문하려고 했다.

새로운 조미동맹을 이루다

대한해운의 화물선이 부산항에 도착했다.

부두에 화물이 하역되어서 애리조나와 무얼실을라고에 화물이 실렸고 몇 몇 귀중품은 대한해운에서 일하는 직원에 의해서 직접 운송되었다.

부두에 미리 사람들이 나와 직원으로부터 문서 봉투를 받았다.

봉투를 받은 사람들이 안의 내용물을 확인하고 이상이 없다고 말하면서 개봉된 봉투를 다시 닫았다.

그리고 직원에게 말했다.

"물건은 잘 수령했습니다."

"여기에 서명해주시기 바랍니다."

"대리인 서명은 여깁니까?"

"맞습니다."

"서명을 했습니다. 돌아가시는 뱃길도 안전하길 빌겠습니다."

"예. 감사합니다."

해운사 직원으로부터 물건을 받은 장성호가 감사의 뜻을 전했다.

일국의 대신이 직접 수령해야 할 정도로 그가 들고 있는 봉투는 매우 중요한 봉투였다.

그것이 한양의 이희에게 전해졌다.

봉투를 받은 이희가 안에 담겨 있는 증권들을 꺼내 탁자 위에 펼쳐서 확인했다.

곁에 김인석도 있었다.

"이것이 미국회사의 주식인가?"

"예. 폐하."

"이걸로 분기마다 배당금으로 막대한 수입을 얻을 수 있다니······."

"미리견의 돈이 폐하께 전해집니다. 때문에 미리견 국민이 우리가 미국을 식민지배 한다고 난동을 부렸습니다. 그래도 지금은 유과장이 잘 수습했습니다."

"일시적인 것이지. 앞으로 어떻게 하느냐에 따라서 미리견 국민이 잠자코 있을 수도, 봉기할 수도 있다. 유과장을 통해 미국인들이 박탈감을 느끼지 않도록 적절히 투자하라."

"폐하의 말씀을 전하겠습니다."

김인석은 이희가 대주주로 알려짐으로 인해 미국에서 어떤 일이 발생했는지를 알렸다.

그 이야기를 듣고 이희는 충분히 이해된다는 말을 했다.

그리고 미국과 조선의 우의를 위해 힘쓰겠다는 말을 했다.

미국인이 믿을 수 있는 조선이 되어야 한다고 말했다.

그 와중에 미국 대통령의 걱정이 이희에게 전해졌다.

성한과 통신기로 교신한 장성호가 말했다.

"포드모터스와 필립제이슨을 비롯한 회사를 통해서, 이미 미국의 많은 국민들은 우리에게 신뢰를 보이고 있습니다. 폐하께서 주식을 소유하신 것에 대해서도 반발하기보다 반대하는 무리들을 제압했습니다. 그런데 미국 대통령과 정치가들이 걱정을 보이고 있습니다."

"우리가 미국을 식민지배할 수 있기 때문인가?"

"그런 부분에 대한 걱정이 거의 사라졌지만 유과장 이야기로는 한줌 남은 불안도 지워지길 원한다고 미 정치가들의 입장을 전했습니다. 그리고 미 대통령이 조만간 조선에 방문하길 원한다고 정식으로 연락할 것입니다."

"조선에 방문한다면 정말로 특별한 일이 되겠군."

"예. 그리고 미 대통령이 왔을 때 조선과 미리견 사이에서 협의가 이뤄져야 한다고 유과장이 말했습니다."

"어떤 협의 말인가?"

"군사 협의입니다. 전장에서 함께 피를 흘린 동맹국이지만 그것보다 더욱 단단한 결속과 신뢰가 세울 수 있기를 원한다고 미 대통령이 말했다 합니다. 유과장과 이야기를 나눈 미 대통령의 제안이 이것입니다."

장성호가 문서 한 장을 이희에게 건넸다.

문서에 쓰인 내용을 확인하고 이희의 얼굴에서 표정 변화가 생겼다.

미간이 크게 좁혀졌다가 풀어졌다.

"이걸로 신뢰를 구축하는가?"

김인석이 대답했다.

"대등한 관계, 운명을 함께하는 관계가 되기를 원하는 것 같습니다. 미리견에 우리 군이 주둔하고 우리 땅에 미군이 주둔한다면 단순한 상호방위조약을 뛰어넘어서 한 나라가 공격 받으면 다른 한 나라가 자동으로 개입하는 신뢰 관계가 형성됩니다. 대등한 관계를 이루고 미국 정치가들의 불안도 지울 수 있습니다."

장성호가 이야기를 더 했다.

"미국 정치가들의 불안이 지워지면 우리를 불안하게 생각하는 미국인들도 줄어들 겁니다. 그리고 세월이 증명하면 결국 조선과 미리견은 자유롭게 백성들이 오가고 경제 활동을 벌일 수 있게 됩니다."

"중요한 것은 우리 백성들이 어떻게 생각하느냐에 달려 있겠군."

"친구를 소중하게 생각하고 신의를 지키고, 오만함 대신 겸손의 미덕을 깨우치게 해야 됩니다 그리고 제국주의로 빠지지 않도록 만들기 위해서 남의 것을 탐하는 것이 잘못된 것이라는 것을 어렸을 때부터 가르쳐야 합니다. 그리고 이미 그렇게 하고 있습니다."

오래전부터 미래를 준비하고 있었다.

양반이 되면 거만한 자세로 아랫사람들을 마구 부리는 의식 수준을 바꾸기 위해 안간힘을 썼다.

그리고 한 세대가 지나서 그 의식이 반 이상 줄어들면서 옅어졌다.

사회의식은 곧바로 국제 관계에서 발휘되었다.

더욱더 겸손을 이뤄서 미국과 화평을 이루고 상생을 이루고자 했다.

또한 조미 양국에서 기업가와 노동자의 간극을 좁히려고 했다.

이희가 동토 너머의 존재를 기억하면서 두 사람에게 말했다.

"이 모든 게 그릇된 평등을 막아내기 위한 것인가?"

장성호가 확신을 가지고 대답했다.

"유일한 방법입니다. 앞으로 조선의 역사를 보고 사람들이 따를 것입니다."

1895년 이전과 이후였다.

　이후의 조선은 모든 것이 변했고 그동안 사람들이 생각하던 길이 아닌 전혀 다른 길을 걷고 있었다.

　그 길을 세계 모든 사람들이 함께 걸어주기를 소망했다.

　미국 공사관을 통해 미 대통령이 조선을 방문하길 원한다는 연락이 전해졌다.

　조선 조정에서는 미국 대통령의 방문을 초청으로 바꿔서 국빈으로 모시겠다는 답변을 전했다.

　그로부터 약 두달이 지나서였다.

　대한로드쉽에서 건조한 육중한 크기의 여객선이 시애틀에서 출항해 부산항에 닿았다.

　윌슨이 여객선에서 하선하며 부산의 풍경을 보고 감탄했다.

　곳곳에서 건설이 이루어졌다.

　몇 채의 빌딩은 눈으로만 봐도 40층을 가뿐히 넘을 것 같았다.

　그런 빌딩이 계속해서 높이를 올리고 있었다.

　미개한 나라로 알려졌다가 20세기가 되면서 세계 최강국으로 우뚝 선 조선의 실체를 확인했다.

　부두에 조선 대신들이 마중 나와 있었다.

　김인석이 앞으로 와서 윌슨에게 손을 건넸다. 악수를 하면서 자신을 소개했다.

　"조선 총리, 김인석입니다."

역관의 통역을 듣고 윌슨이 환하게 웃었다.

"군주제인 나라에서 총리는 최고의 권위를 가진 사람이지. 이렇게 마중을 나와 줘서 고맙소."

"국빈이신데 응당 해야 할 일입니다. 먼 뱃길이었을 텐데 오시는 동안 힘드시진 않으셨습니까?"

"조금 피로하긴 하오. 하지만 빨리 한성에 가서 고려 황제를 만나고 싶소. 그와 많은 것을 이야기하고 싶소."

"제가 각하를 모시겠습니다."

"고맙소."

조선 관리들이 바쁘게 움직였고 윌슨과 김인석이 어깨를 나란히 하면서 붉은 카펫 위를 걸었다.

카펫 위를 걸을 때 조선군 의장대가 군악 연주를 선보였다.

그리고 예총 발포가 이뤄지고 그 사이로 윌슨과 김인석이 함께 지나갔다.

조선 자동차 회사 중 '아우들'이라는 회사가 있었다.

4형제가 자동차를 개발하고 회사를 설립한 회사로 금성차나 남강차와는 다르게 고급 승용차와 고성능 자동차를 제작하는 회사였다.

아우들에서 만든 의전을 위한 고급 차량이 대기하고 있었다.

윌슨이 탑승하면서 차 실내를 살피며 미국 최고의 차인 워싱턴과 비교했다.

최고급 가죽과 원목과 고급 천을 아낌없이 쓴 것은 두 회사의 차가 거의 비슷했다.

그러나 결정적인 차이가 있었다.

"음?"

"왜 그러십니까?"

비서실장이 묻자 윌슨이 창밖을 보면서 말했다.

"방금… 도로로 나오면서 요철을 밟고 지나갔는데 거의 아무 느낌도 안 났어. 이게 고려의 기술이라니, 대단하군."

미국에서도 거의 비슷하게 흉내를 낼 수 있었다.

그러나 흉내와 진짜의 격차는 예상보다 컸다.

두가지를 경험해본 사람만이 그것을 알 수 있었다.

조선에 와서 윌슨이 그 기술력을 경험하고 감탄했다.

부산역에서 특별열차에 탑승한 뒤 디젤기관차를 통해서 빠르게 한양에 도착했다.

그곳에서 조선 백성들의 열띤 환호를 받게 됐다.

"대조선제국 만세! 대조선제국 황제 폐하 만세!"

"미합중국 대통령 각하 만세!"

"와아아아~!"

거리로 쏟아져 나온 백성들이 두 손에 태극기와 성조기를 들면서 흔들었다.

큰 태극기가 나부끼는 것이 보였고 그보다 큰 성조기를 보면서 윌슨이 감동을 받아 차의 창문을 열었다.

그리고 팔을 내어서 손을 크게 흔들었다.

월슨을 본 백성들이 더욱 크게 함성을 질렀다.

창문을 닫은 월슨의 입가에 미소가 배어들었다.

"우리를 상당히 좋아해주는군."

"전쟁을 치르면서 함께 피를 흘렸습니다. 그 일이 두 나라 국민의 우의를 이끌어낸다고 생각합니다."

"나도 그렇게 생각하네. 그리고 고려 황제도 그렇게 생각해 주겠지. 어떤 사람인지 정말 기대가 되네."

큰 대로인 육조거리 중앙으로 미국 대통령과 수행단의 차들이 지나갔다.

끝에 위치한 광화문 앞에서 차들이 멈추고 월슨이 비서실장과 함께 하차했다.

부통령인 마셜이 워싱턴D.C에 남은 가운데 전쟁부 장관인 베이커가 월슨을 수행하면서 함께 경복궁으로 들어갔다.

광화문을 지나자 예복을 입은 이희가 몸소 광화문이 있는 곳까지 마중 나와 있었다.

'고려 황제로군!'

자연히 월슨과 미국 수행원들의 시선이 이희에게로 향했다.

백발이 무성한 그리고 온화한 미소와 분위기를 가진 이희가 서양식 제복을 입고 월슨 앞에 서서 손을 내밀었다.

그 손을 월슨이 잡았다.

"대조선제국 황제, 이희라고 하오."

"미합중국 대통령 토마스 우드로 윌슨이라고 합니다."

"짐의 초청에 응해줘서 참으로 고맙소. 조선에서 미리견 까지 거리가 거의 세상 반대편인데 이렇게 먼 길을 마다하고 와줘서 너무나 감사하오. 조선에서 지내는 동안 어떠한 불편함도 없이, 그리고 돌아가서도 조선이 생각날 정도로 극진히 대접하겠소. 다소 부족함이 있을 수도 있지만 국빈으로 예우하는 것에 있어서 최선을 다하겠소."

"고맙습니다. 이렇게 고려 황제가 국빈으로 초청해준 것을 미합중국 시민들은 절대 잊지 않을 것입니다. 이번에 고려와 미국의 신뢰가 더욱 잘 다져졌으면 좋겠습니다."

"그렇게 될 것이오. 이번 방문을 기점으로 조선과 미리견은 보다 새로운 관계로 거듭날 것이오. 미 대통령을 위해서 의장 사열을 준비했소. 이쪽이오."

광화문과 흥례문 사이의 넓은 마당 한쪽에 단상이 있었다.

이희가 윌슨과 함께 단상 위에 올랐고 그들의 뒤를 두 나라의 대신과 장관들이 따랐다.

단상 위에 이희와 윌슨이 오르자 그들이 보는 왼쪽 끝 편에서 조선군 의장대의 행진이 이뤄졌다.

북 소리와 나팔 소리가 울려 퍼지는 가운데 의장대가 지나고 그 뒤로 조선의 육해공군 장병들이 지나갔다.

'우로 봐!'라는 구호와 함께 이희와 윌슨을 향해서 경례했다.

예포가 울려 퍼지고 윌슨은 조선이 자신을 상대로 극진한 예우를 벌인다고 생각했다.

흡족한 미소를 드러내면서 궐 안에서 볼 수 있는 약소한 사열을 지켜봤다.

이어 단상에서 내려와 조선 대신들과 악수하면서 인사했다.

윌슨의 시선을 사로잡는 사람들이 있었다.

그들은 하나같이 다른 사람들보다 상당히 큰 키였다.

못해도 175cm 이상은 될 것 같았다.

"특무대신 장성호요."

"반갑습니다. 각하."

"이쪽은 군부대신인 유성혁이오."

"뵙게 되어 영광입니다."

이희가 직접 대신들을 소개했다.

척 봐도 천군이었다.

김인석을 비롯해 천군 출신으로 추정되는 사람들은 동양적이면서도 다소 서양적인 외모를 지니고 있었다.

그중 한 사람은 과학기술부대신을 맡고 있었다.

박은성과 윌슨이 악수했고 윌슨은 그에게 자신이 궁금해하던 것을 물었다.

"미국 산업을 높인 기술이 이분과 이분이 책임지는 사람들에 의해서 탄생된 겁니까?"

그 물음에 박은성이 직접 대답했다.

"부끄럽지만 그렇습니다. 그리고 앞으로도 우리는 미국과 기술을 공유하고 함께 경제 부흥을 이어 나갈 겁니다. 뵙게 되어서 영광입니다."

윌슨은 악수하면서 잘 부탁한다는 말을 했다.

한편으론 미국에 그런 인재가 없다는 것을 아쉬워했다.

나머지 대신들과 인사했고 이번에는 반대로 이희가 미국 장관들과 악수를 하면서 인사를 받았다.

사열을 받고 소개를 한 뒤 일단은 휴식하기로 했다.

"먼 길을 오느라 피곤할 테니, 일단 오늘은 휴식하는 게 어떻겠소? 영빈관에 미 대통령을 맞이하라고 미리 지시를 내렸소. 중요한 이야기는 내일부터 해도 늦지 않을 것이라고 보오."

"배려해줘서 감사합니다."

"영빈관으로 모시겠소. 따라오시오."

동양에서 군주라 함은 절대적이었다.

무소불위의 권력을 가지고 어느 누구에게도 존대하지 않는 그런 존재였다.

때문에 군주가 누군가를 모신다는 것은 동등한 관계이거나 상국의 군주이지 않는 이상 있을 수 없는 일이었다.

미 대통령은 미합중국의 통수권자로 동양에서는 일국의 왕이요 황제의 지위를 가진 자였다.

그런 대통령인 윌슨을 이희가 극진히 대하며 양국의 우

의를 지키려고 했다.

영빈관으로 윌슨을 안내해 김인석과 장성호에게 미 정부 관리들을 잘 응대하라고 황명을 내렸다.

그리고 윌슨과 다시 인사한 뒤 궁으로 돌아가서 나랏일을 마저 살폈다.

저녁에 이희가 대신들과 함께 영빈관을 찾았다.

만찬을 가지면서 윌슨과의 관계를 돈독히 했고 미국 장관들에게 조선 음식의 진면목을 보여줬다.

갓 도축한 암소의 갈빗살을 간장과 물엿으로 양념을 한 뒤 숯불에 구워서 놋그릇 위에 정갈하게 올렸다.

윌슨과 수행원들 앞에 요리가 담긴 놋그릇이 놓였다.

그것을 보고 윌슨이 이희에게 물었다.

"설마, 이것이 너비아니입니까?"

이희가 직접 대답했다.

"양념갈비요."

"양념갈비……?"

"너비아니는 고기를 다진 음식이고, 양념갈비는 갈비에서 발라낸 갈빗살을 양념해서 구운 것이오. 한번 드셔보시오."

루스벨트가 조선에 방문한 뒤로 너비아니라는 음식이 세상에 알려졌다.

윌슨은 조선에서 먹는 너비아니를 기대했다.

그러나 그것 대신 양념갈비라는 음식을 보고 실망과 기

대를 동시에 가졌다.

역관의 도움을 받아서 숟가락으로 하얀 밥을 뜨고 젓가락으로 반찬을 올려서 먹는 시범을 지켜봤다.

그리고 윌슨이 젓가락질을 했다. 금세 어려움을 호소했다.

"이거, 정말 어렵군."

장성호가 웃으면서 말했다.

"저도 처음에는 매우 어려웠습니다. 하지만 이제는 익숙해져서 어렵다고 느끼지 않습니다."

"이걸로는 찬이라는 것을 먹을 수 없을 것 같소. 앞에 고기가 있는데 먹질 못하니 참으로 견디기가 힘드오. 혹시 포크와 나이프는 있소?"

"물론입니다. 미리 각하와 수행하시는 분들을 위해서 준비했습니다. 편하신 대로 식기를 쓰시면 됩니다."

"고맙소."

처음에 식탁에 칼을 놓고 음식을 먹는다고 조선의 지도층이 서양인들을 상대로 욕한 적이 있었다.

그것은 오만과 교만이었고 그들을 잘 모르는 무지함에서 일어난 일이었다.

그러나 이제, 조선은 겸손한 나라였고 서양이 어떤 세상인지 잘 알고 있었다.

겸상을 해도 그것이 서양의 예법이라는 것을 알고 있었고 식탁 위에 나이프가 놓이는 것이 세상 절반의 예법이라는 것을 알고 있었다.

서양인들에게는 포크와 나이프가 편했다.

그러면서도 숟가락으로 밥을 뜨고 젓가락으로 찬을 집으면서 조선의 문화를 경험했다.

고기를 먹고 윌슨의 눈이 번쩍 뜨였다.

"음?!"

모든 수행원들의 눈도 마찬가지로 번쩍 뜨였다.

그들의 반응을 보면서 장성호가 말했다.

"조선에서의 고기 요리는 어느 나라사람에게든지 자랑입니다. 입맛에 맞으시리라 생각합니다."

"자랑할 만하오! 양념갈비가 이런 음식이었다니! 참으로 대단하오!"

"다른 음식도 드셔보십시오. 이 전은 겉은 바삭하고 안은 촉촉합니다. 치즈는 없지만 조선의 피자라고 생각하셔도 될 겁니다."

"고려의 피자?!"

"여기 간장을 조금 찍어서 드시면 됩니다."

장성호가 가르쳐주는 대로 미리 잘려 있는 전을 포크로 찍고 간장에 조금 집어서 입에 넣었다.

그 맛에 윌슨이 푹 빠졌다. 다른 수행원들도 전을 맛보고 깔끔하고 담백한 맛에 감탄했다.

루스벨트와 마찬가지로 조선의 음식이라면 미국에서 큰 성공을 거둘 것이라는 말을 했다.

또한 식사 도중에 마신 막걸리에 대해서도 칭찬을 늘어놓았다.

막걸리가 담긴 대접을 들고 건배라고 외치면서 조미 양국의 우의를 기념했다.

그렇게 만찬을 함께 가지고 이희가 윌슨에게 편하게 지내달라고 말했다.

조선 황제의 극진한 환대를 받으면서 윌슨은 마음을 내려놓고 영빈관에서 밤을 편히 보냈다.

다음 날 각자 오찬을 이룬 뒤 오전에 함께 만나 이야기를 나눴다.

경복궁 후원을 함께 거닐면서 이야기했다.

역관이 두 사람 사이를 통역했다.

윌슨은 이희가 원하는 미래가 어떤 미래인지 알고자 했다.

성한이 미리 이야기했지만 이희로부터 직접 듣고 싶었다.

"궁금한 것이 있습니다."

"물어보시오."

"고려는 어떤 미래를 원합니까? 어떤 나라가 되고 어떤 세상이 되길 원합니까? 이야기를 듣고 싶습니다."

윌슨의 물음에 이희가 친히 대답했다.

"조선의 번영과 발전을 이어지기를 원하는 것은 조선의 군주로 당연히 바라는 것이오. 그러나 그 번영이 다른 나라의 피 값이 되어서는 안 된다고 생각하오. 짐과 짐의 백성들은 욕심이 많아서 후대 번영을 원하기도 하지만 역사에 길이 남을 수 있는 명예도 바라고 있소. 때문에 우리는 약소국을 살필 것이고 그들과 함께 번영을 이룰 것이오. 이상이 아니라 현실적인 해결책으로 이를 이룰 것이오."

함께 발전하겠다는 말을 듣고 윌슨이 다시 물었다.

"구상된 해결책이 있습니까?"

"있소."

"어떤 해결책입니까?"

"앞으로의 국력은 경제력이라고 말할 수 있소. 우리가 만든 물건을 그들이 살 수 있도록 그들의 경제력을 높일 것이오. 대신들 말로는 그것이 시장을 키우는 것이라고 하더군. 때문에 우리는 우리의 시장을 확보하고, 약소국의 발전은 우리의 투자와 그들의 의지, 정치가와 실업가의 옳은 야망에 의해서 이뤄질 거요. 자국민들의 발전과 풍요를 원하는 그런 야망을 말이오. 우리는 그런 나라의 지도자들과 함께 할 것이오. 자국민을 아끼기에 함께할 수 있소."

대답을 듣고 윌슨이 감명 받았다.

이희가 전하는 해결책을 듣고 윌슨은 세상의 수많은 나라들을 떠올렸다.

생각에 잠긴 윌슨에게 이희가 자신의 생각하는 가치관을 전했다.

"우리는 노력으로 얻는 대가를 지켜줘야 하고, 그것을

위해서 공정을 바로 세워야 하오. 또한 모든 이들에게 공평한 기회가 주어져야 하오. 그래야 더 큰 번영을 이룰 수 있고 사람의 성취욕을 해소할 수 있소. 하지만 그것만 주어진다면 세상은 승리자와 패배자로만 나뉘게 될 거요. 그래서 우리는 배려가 필요하오."

"배려……."

"도움이 없으면 절대 발전할 수 없는 나라와 도움이 없으면 절대 살아갈 수 없는 사람들에 대한 배려요. 약간의 도움으로 그 나라와 사람이 세상에 큰일을 이룰 수 있다면, 팔 하나가 없더라도 세상은 참으로 살아볼만 하게 될 거요. 짐과 조선 만민이 원하는 세상은 바로 그런 세상이오. 그렇게 세상이 변하길 바라고 있소. 세상에 버릴 나라와 사람 따윈 결코 없소."

이희의 이야기를 듣고 윌슨의 심장이 뛰었다.

그때 독대하는 두 사람에게 외부대신인 민영환이 실례를 무릅쓰고 다가왔다.

이희에게 허리를 굽히면서 두 사람의 시선을 끌었다. 그러자 이희가 물었다.

"무슨 일인가?"

민영환이 대답했다.

"유구국에서 왕세자가 도착했습니다."

"왕세자가?"

"예. 폐하."

"알겠다. 허면 오후의 일정이 비니 왕세자를 만나도록 하지."

"황명을 받들겠습니다."

명을 받고 민영환이 물러나자 확인 차 이희가 월슨에게 물었다.

"오후에 도성을 살피기로 한 것으로 하는데 맞소?"

"예. 맞습니다. 그런데 제가 듣기로 방금 류큐 왕국의 왕자가 도착했다고 들었는데 고려 황제께서 직접 알현을 허락하시는 겁니까?"

"그렇소."

"조금 이해가 되지 않습니다."

"어떤 부분에서 말이오?"

"황제가 일국의 왕자를 만나는 것을 말입니다. 류큐는 고려 남쪽의 작은 섬나라이지 않습니까? 그런데 그런 나라의 왕자를 황제께서 직접……."

"섬나라인 것은 맞고, 영토로 봐서 작은 나라인 것도 맞소. 하지만 엄연히 자주독립국이오."

"그래도 격이……."

"왕자로만 생각한다면 그렇겠지. 그러나 유구국의 왕이 연로해서 조선에 올 수 있을 만큼의 체력을 가지고 있지 않소. 그래서 왕을 대신하는 왕세자를 만나는 것이오. 칭호를 따지기 전에 짐이 조선을 대표하고 그 왕세자가 유구국을 대표하오. 그리고 유구국은 우리의 도움이 필요하오. 짐은 두 나라의 우호증진과 유구국에 도움을 주고 국익을 챙기기 위해서 만날 것이오. 그것이 짐의 명예고 대의요."

통역으로 이희가 하는 말을 듣고 윌슨이 입을 다물었다.

그리고 그가 했던 말을 머릿속에서 떠올렸다.

'우리는 배려가 필요하오.'

약소국에 대한 배려였다.

그러나 굳이 배려한다는 것을 나타내어서 그 나라의 국위를 깎아내리지 않았다.

당당한 자주독립국임을 알리고, 왕세자가 나라를 대표한다는 것을 알려줬다.

그리고 이희는 자신을 군주가 아니라 대표라고 말했다.

그의 태도가 윌슨에게 큰 충격을 안겨다줬다.

유럽의 군주들을 머릿속에서 떠올렸다.

'빌헬름 카이저는 자신의 명예를 위해서 해외 식민지를 건설하려고 했지. 그것을 위해서 해군을 육성하고 주변의 다른 나라를 위협하려고 했어. 러시아의 니콜라이 차르도 마찬가지고 말이야. 프랑스 대통령을 세운 프랑스 국민들은 유럽의 어떤 나라의 국민보다도 오만하고 교만해. 영국의 조지 왕은 식민지 독립을 거부했어. 그자들을 두고 비교하면 고려 황제는 그야말로 성인 중의 성인이야. 이런 사람이 총리가 아니라 황제라니!'

정치가라면 이상적이고 겸손을 보일 수도 있었다.

그러나 군주라면 이야기가 달랐다.

군주는 곧 나라 그 자체였고 입헌군주제가 제대로 자리 잡지 않은 조선은 더욱 그러했다.

명예와 야망을 위해서 온 힘을 쏟아야 할 자가 오히려 다른 나라를 배려해주는 모습이 인상적이었다.

아니, 경악할 만한 일이었다.

세상의 모든 군주가 그와 같아야 된다고 생각했다.

"더 할 이야기가 있소?"

이희가 물음에 생각에 잠겼던 윌슨이 움찔하면서 대답했다.

"없습니다."

"그러면 정찬을 함께 하기로 하고, 오후에 도성을 잘 보고 소감을 들려주시오. 외국인의 시선으로 조선이 어떻게 보이는지 참으로 궁금하오. 그리고 조선의 최고 대학교인 성균관에서 특별 강연을 하는 것으로 아는데 조미 양국의 우호증진과 미래를 위해서 조선의 대학생들에게 좋은 이야기를 해주시오. 부탁하오."

"알겠습니다."

"내일 다시 보도록 하겠소."

"예."

한양을 돌아보는 오후 일정이 있었다.

이희와 정찬을 가지고 윌슨이 경복궁에서 나왔다.

자유로운 직책을 가진 장성호가 그를 응대했다.

"제가 각하를 모시겠습니다."

"부탁하오."

함께 차를 타고 광화문 앞에서 출발했다.

미국 대통령이 탄 차가 지나가자 그 차를 본 백성들이 열띤 환호를 보내면서 미국인들을 흐뭇하게 만들었다.

고층 빌딩을 짓고 있는 종로 거리를 지나면서 윌슨은 10년 후에 조선이 더욱 강한 나라가 될 것이라고 생각했다.

우마차가 다니는 다른 동양 나라와는 달리, 이제는 자동차가 한양의 도로를 거의 채우고 있었다.

상용차를 타고 사람들이 이동하고 있었고 심지어 도로를 파서 지하철 공사까지 벌이고 있었다.

앞으로 5년 안에 한양에 지하철 4개 노선이 건설된다는 이야기를 듣고 조선의 건설기술력에 크게 감탄했다.

종로 상점들을 살피면서 조선인들의 생활 사정을 확인했다.

유럽의 어떤 나라보다 뛰어난 문명의 혜택을 누리고 풍요를 경험하고 있는 것을 알았다.

이후 유구국의 왕세자를 만나고 난 이희에 대한 소식을 들었다.

함께 온 국무장관인 '로버트 랜싱'이 소식을 접하고 윌슨에게 알렸다.

성균관으로 향하는 차를 타기 직전에 보고가 이뤄졌다.

"고려에서 류큐에 화력 발전소 건설을 지원한다고 합니

다."

"고려 회사가 건설하는 거요?"

"지도만 한다고 합니다. 건설과 인력은 류큐의 회사가 책임진다고 합니다. 일당도 달러로 환산하면 무려 5달러입니다. 대신 류큐에 고려에서 호텔을 건설하기로 했습니다. 누구나가 휴식할 수 있는 동양 최고의 휴양국가로 류큐를 발전시키겠다고 합니다."

발전소가 필요한 고민을 해결해주고 건설 경험을 전수해주는 일이었다.

그와 함께 유구국에 조선인 소유의 호텔이 건설되면서 그것을 통해 유구국과 조선의 국부를 동시에 이루게 되었다.

그 말을 듣고 윌슨이 랜싱에게 말했다.

"영국이었다면 그들의 회사가 건설을 맡고 인력만 류큐에서 동원해 노예처럼 부렸겠지. 누구나 그 호텔을 이용하는 것이 아니라 오직 영국 귀족들만이 그 호텔을 이용할 수 있을 거요. 설령 그 호텔을 누구든지 쓸 수 있더라도 말이오. 제대로 된 임금을 받을 수 없는 류큐인이 호텔을 이용할 순 없을 테니까."

"맞습니다. 각하."

"고려라는 나라는 참으로 놀랍소. 아니, 고려 황제가 참으로 대단하다고 느껴지오. 그렇게 할 수 있다는 게 말이오. 욕심을 제어할 수 있다는 것은 정말 대단한 일이오."

협의 결과를 듣고 윌슨이 혀를 내둘렀다.

대단하다는 감탄을 늘어놓으며 차에 타서 문을 닫고 성균관으로 향했다.

성균관으로 가는 동안 많은 생각을 했다.

30분이 지나서 그는 성균관 대강당에 들어섰다.

조선과 함께 피 흘리면서 싸운 미국의 대통령이 들어오자 그의 강연을 듣기 위해 들어온 학생들이 자리에서 일어나서 박수를 쳤다.

윌슨이 단상 위에 올라 영롱한 눈빛을 보이는 조선 최고 대학의 학생들을 봤다.

미리 준비했던 강연문을 펼쳐서 읽으려 했다.

그러나 안의 내용이 마음에 들지 않았다.

전날 밤에 준비했을 때만 해도 그 내용은 몹시 마음에 드는 내용이었다.

손에 들고 있던 강연문을 윌슨이 찢어버렸다.

"가…각하……?!"

랜싱과 놀란 수행원들이 벌떡 일어나면서 움찔했다.

강당에 모여 있던 성균관 학생들은 웅성거리면서 계속 윌슨을 주목했다.

그들 앞에서 윌슨이 찢은 강연문을 들어서 보였다.

역관이 황급히 그가 전하는 이야기를 통역했다.

마이크와 스피커를 통해서 그가 전하는 말이 울려 퍼졌다.

"이 종이에 여러분께 하고 싶었던 말이 담겼었소. 바로 고려와 미국이 서로 위대해지자는 내용이었소. 양국의 우의를 다지고 국익을 모으고, 세상을 상대로 함께 싸워 이기자는 내용으로 말이오. 그런데 나는 좀 더 정의라고 확신하는 이야기를 전하고 싶소. 오늘 고려 황제를 만나면서, 여러 고려인들을 만나면서 얻게 된 가르침이오. 그것을 여러분들에게 전하고자 하오."

찢어진 강연문이 그의 손에서 떨어졌다.

그리고 자신을 주목하는 성균관 학생들의 얼굴을 한명씩 살폈다.

새롭게 세워진 소망을 학생들에게 전했다.

"공정과 배려로 이 세상과 함께 승리하기 바라오. 그것으로 최고의 위대함을 얻길 바라오. 오늘의 강연은 그것에 대해서 이야기 하겠소."

이희가 나라와 백성을 위해 내탕금을 성한에게 내어준 사실을 성균관 학생에게 알려줬다.

그것을 받은 성한이 미국에서 부를 모으면서도 미국인을 위해, 미국 노동자들을 위해 힘써왔던 사실을 알렸다.

그것을 통해서 미국에서 어떤 시위가 일어났는지, 그와 조선이 어떤 명예를 얻게 됐는지에 대해서도 이야기했다.

이희가 얼마나 위대한 군주인지, 이미 그것을 알고 있는 성균관 학생들에게 한번 더 주지시켰다.

기업가와 노동자가 함께 손을 잡으면 세상이 얼마나 아

름다워지는지를 말했다.

그것을 통해 성균관 학생들은 각자가 세웠던 야망을 내려놓고 오만함으로 채워진 가슴의 씨앗을 끄집어냈다.

눈물을 흘리며 이희에 대한 감사를 느꼈고 또한 서양인들은 탐욕적이라 여겼던 그들 스스로의 편견을 무너뜨렸다.

성균관 학생들이 윌슨에게 서명을 요구했다.

"각하! 서명을 해주십시오!"

"저도 서명을 받고 싶습니다!"

펜을 든 윌슨이 환하게 웃으면서 학생들의 수첩과 옷 등에 이름을 써 넣었다.

그 모습이 미국 신문사 기자의 사진기 속에 담겼다.

다음 날 경외의 마음을 안고 윌슨이 이희를 만났다.

독대하며 이희에 대한 감탄을 전했다.

"세상의 어느 군주도 못할 일을 하셨습니다. 강국의 군주는 자고로 오만하고 이기적인 경우가 허다한데 고려 황제께선 그들과 정 반대의 모습을 보여주셨습니다. 참으로 존경스럽습니다."

윌슨의 이야기를 듣고 이희가 말했다.

"나도 얼마 전에 알았소."

"예?"

"자세를 낮춤으로써 더 많은 것을 얻게 되는 것을 말이오. 내게 그런 길을 알려준 사람들이 있었소."

그 말을 듣고 먼 곳에서 기다리는 장성호를 보면서 윌슨이 물었다.

"천군입니까? 그런 길을 알려준 사람들이 말입니다."

윌슨의 물음에 이희가 침묵하다가 조심스레 입을 열었다.

"하늘의 군사들이라고 하지."

"동양에서 말입니까?"

"그렇소. 동양에서 천군은 하늘의 군사를 뜻하는 단어요. 그만큼 짐에게는 소중한 자들이지. 하늘이 내어준 인재가 바로 저들이오."

"……."

"공정과 배려라는 가르침도 저들이 짐에게 알려줬소."

윌슨의 시선이 장성호와 김인석, 박은성, 유성혁에게 향했다.

그들이 조선의 권력을 쥐고 있기에 조선은 세계에서 가장 강하며, 만국의 존경을 받는 나라가 될 것이라고 생각했다.

명확한 이상과 현실적인 원칙으로 조선이 나아가고 있었다.

그런 조선의 뒤를 미국이 따라가고 있었다. 그 길이 옳은 길이라고 윌슨이 생각했다.

그가 이희에게 바람을 전했다.

"고려와 많은 교류가 있길 원합니다. 기술을 배우길 원하고 학문을 배우길 원하며 서로의 문화를 교유했으면 좋겠습니다. 그걸로 양국의 국민이 보다 넓은 세상에서 살 수 있기를 원합니다."

윌슨의 이야기에 이희는 당연히 그럴 것이라고 말했다.

그리고 공동으로 투자해 기술을 개발하고 공동으로 소유하는 것에 대해서도 이야기했다.

후원을 걸으면서 많은 것을 이야기하고 건청궁으로 와서 본격적으로 문서를 작성했다.

기술 교류와 학술 교류, 문화 교류, 건설을 포함해 다양한 부분에서 교류를 시행하고 포괄적인 내용을 조약문 안에 담았다.

또한 이희가 대주주로 있는 회사에 대한 부분도 논의되었다.

이희가 위법을 저지르지 않고 그의 내탕금으로 회사가 설립된 만큼 대주주의 지위는 계속 유지되는 가운데 이희가 절대 경영에 관여하지 않는 것을 원칙으로 정했다.

또한 미국 시민권자를 경영자로 두면서 양국의 신뢰가 무너지지 않도록 최선을 다하기로 했다.

그것을 통해 포드모터스를 비롯한 회사들에 대한 최소한의 통제를 미국 정부에서 확보하고 이희는 대리인을 앞세워서 막대한 배당금을 챙길 수 있었다.

마지막으로 미국 정부가 가질 수 있는 최후의 불안을 지우고자 했다.

조미 동맹에 관한 개정이 이뤄졌다.

두 나라의 단순한 동맹이 '상호방위조약'으로 발전되었고 한 나라가 공격받으면 다른 나라가 자동으로 개입하는 조항이 신설됐다.

그리고 그것을 실천하기 위한 실질적인 조치가 이뤄졌다.

조선에 미국 1개 사단이 주둔하고 미국에 조선 1개 사단이 주둔하기로 했다.

"이걸로 미리견 정부의 불안이 지워졌을 거라고 생각하오."

"물론입니다. 그리고 미합중국을 공격하는 것은 곧 고려를 공격하는 것, 고려를 공격하는 것은 미합중국을 공격하는 것입니다. 이제 고려는 미국의 진정한 동반 국가입니다."

피를 나눈 것은 과거의 일이었다.

그리고 앞으로도 함께 운명을 같이 할 것이라는 것을 약속했다.

조약문이 작성되고 경복궁에서 조인식이 거행되었다.

영국에서 군주는 상징이었지만 조선에서는 군주가 실권자였다.

이희가 윌슨과 식장에 나란히 앉아서 직접 조약문에 서명하고 국장을 새겼다.

그리고 외부장관인 민영환과 국무장관인 랜싱이 서명함

으로써 조인식을 최종적으로 마무리 지었다.

　두 사람이 서로 악수하면서 조약문을 주고받았다.

　그 모습이 기자들이 든 사진기 속에 담겼다.

　불빛이 번쩍이면서 새로운 역사가 탄생되었다.

　윌슨이 기뻐하면서 자리에서 일어났다. 그리고 이희에게 손을 내밀었다.

　"정말 기쁩니다. 세계에서 가장 위대한 나라와 이렇게 함께 할 수 있다는 것이 믿어지지 않습니다. 우리가 가진 불안이 이제야 지워졌습니다."

　그때 손을 잡으면서 이희와 장성호의 시선이 마주쳤다.

　눈짓을 받고 이희가 윌슨에게 말했다.

　"기왕 하는 거 다른 나라의 불안을 지우는 게 어떻겠소?"

　"다른 나라의 불안이라면…….."

　"일본과 중화민국, 몽골, 유구국, 티베트, 신장위구르와 초를 두고 하는 말이오. 그들은 우리보다 약한 나라이지만 공정과 배려를 나라의 본으로 삼는 나라들이오. 적어도 그런 방향으로 길을 걸으려는 나라들이오. 그러니 도와주고 손을 잡고 이끌어줘야 하지 않겠소? 당장은 아니고 다음에 보게 되면 이에 대해서 논의할 수 있었으면 좋겠소."

　집단 동맹체 제안에 윌슨이 긍정의 반응을 나타냈다.

　"물론입니다. 영국과 프랑스는 그들 나라를 무시하지만, 우리는 그들의 진정한 친구가 될 겁니다. 폐하께서 꿈꾸시는 길을 우리도 걷겠습니다. 다음엔 그들 나라의 정상들과 함께 할 수 있기를 소망합니다."

"임기가 끝나기 전에 한번 더 올 수 있기를 원하오."

"그렇게 하겠습니다. 그리고 폐하께서 미국에 오신다면 국빈으로 모시겠습니다."

언젠가 미국을 방문하기로 약속했다.

그러면서 이희는 장성호가 했던 말을 떠올렸다.

21세기 최강국인 미국이 위태롭지 않았던 이유가 있었다.

'미국이 세계에서 가장 강력한 나라였던 이유가 있습니다.'

'그 이유가 무엇인가?'

'바로 강대국들과 공동의 안보 조약을 맺었기 때문입니다. 영국과 프랑스 독일을 비롯해 수많은 나라들이 미국과 함께 군사 동맹을 이뤘습니다. 이번에는 조선이 그와 같을 것입니다. 그러나 미국보다 발전된 동맹을 이룰 것입니다. 세상이 저질렀던 오류를 최소화할 것이며 그저 적국을 두고 목적으로 힘을 모으는 식의 동맹으로만 두지 않을 것입니다. 공정이 실현되고 약소국을 살필 수 있는 동맹으로 만들 것입니다.'

이희는 장성호로부터 '북대서양조약기구'로 불리는 나토에 대한 설명을 들은 적이 있다.

그러나 장성호와 그가 꿈꾸는 미래는 나토를 뛰어넘어

전 세계가 조선과 함께하는 것을 꿈꿨다.

함께 힘을 합쳐서 수백년 동안 인류의 발목을 잡았던 '평등'에 맞서 싸우려고 했다.

윌슨이 미국으로 돌아간 뒤 조선과 맺은 조약의 내용이 사람들에게 알려졌다.

조약의 내용을 확인한 미국 국민은 긍정적인 방향으로 여론을 모았다.

양국의 동등하게 군대를 주둔시킨 것이 결정적이었다.

"고려에 우리 군대가 주둔하고 우리 땅에 고려의 군대가 주둔했으니 진정한 동맹국이지."

"고려 황제가 노동자를 그렇게 생각하시는데, 그분의 기업이 우리 땅에서 사업을 좀 벌이면 어때. 어차피 사장들도 전부 미국 사람인데 말이야."

"우리나라와 함께할 수 있는 나라가 있다면 고려만큼은 확실해. 고려인은 우리의 소중한 친구야."

조선인에 대해 깊은 호감을 표시했다.

앞으로도 운명을 함께할 나라라고 여기면서 이희가 소망하는 미래가 무엇인지 알고 깊은 감명을 받았다.

조선과 미국이 상호방위조약을 맺은 뒤 몇 달 지나지 않아서였다.

정부를 세운 몽골과 위구르, 유구, 초, 티베트 그리고 일본을 포함한 동방 나라들이 조미상호방위조약에 힘을 더했다. '동아시아 □ 태평양 방위 조약'을 구성하면서 정기

적으로 지상군 훈련과 공군 훈련, 해군 훈련을 벌이기로
했다. 그리고 전술 개발과 군수 지원에 관한 협의도 가지
기로 했다.

국제 연합 창설이 이뤄지기 전에 태평양을 중심으로 집
단 동맹이 체결됐다.

동서가 차츰 안정되고 있었다.

          *   *   *

유럽의 주둔군은 시간이 지날수록 그 필요성이 떨어지고
있었다.

이미 장병들을 치료하던 의무대는 민간인을 치료하며 대
민지원을 벌이고 있었다.

지연이 마지막 수술을 벌이고 손에서 메스를 놓았다.

차에 치여 생사기로에 놓였던 아이를 살리고 상하로 움
직이는 가슴을 쳐다보면서 다행이라고 생각했다.

수술실에서 지연이 나오자 아이의 부모가 달려와서 상태
를 물었다.

아이의 어머니가 지연의 팔을 붙들면서 물었다.

"우리 로베르는 어떻게 되었나요?"

지연이 담담하게 대답했다.

"일단 수술은 잘 끝났습니다. 허벅지 동맥이 끊어져서
위험했는데 수술이 빨라 과다 출혈이 이뤄지기 전에 출혈

부위를 잡아서 지혈됐고요. 갈비뼈가 부러졌지만 다행히 폐를 찌르지 않았고 두부 골절도 없습니다. 다만 뇌진탕 때문에 마취에서 깨어나면 단기기억상실증이 있을 수 있어요. 회복되면 말씀 드리겠습니다."

"감사합니다. 정말 감사합니다……."

동양인이었고 여성이었다. 하지만 아이의 부모에게는 구원자였다.

몇 시간 뒤 수술을 마친 아이가 깨어나자 부모는 지연을 찾아가서 다시 한번 더 감사를 나타냈다.

지연은 의사로서 아이를 살리는 것이 당연한 일이라고 말했다.

그런 지연과 로베르의 부모를 보면서 프랑스 의사들이 이야기했다.

"대단해. 고려 출신이라고 하던데……."

"여자가 저렇게나 뛰어난 의사라니… 고려인은 뭐가 달라도 다른가봐."

"우리 프랑스 의사들 중에 존스 선생보다 뛰어난 의사가 없어."

지연의 호칭 중에 이름 외의 호칭들이 있었다.

존스 중령, 혹은 존스 선생님, 혹은 존스 부인이나 고려인 혹은 고려 출신 미국인이었다.

사람들은 그녀의 특별함을 칭송했다.

그리고 고려인이라는 존재를 진심으로 경외했다.

지연의 마지막 수술을 받고 어린 환자가 회복하고 있을 때 김신은 동현을 비롯한 의사들을 이끌고 수술실로 들어가서 죽음의 늪에 빠진 생명을 구하고 있었다.

　심장부에 총상을 입은 환자를 살리고 있었다.

　조선에서 공수한 현미경을 머리에 쓰고 인공 심장이라는 장비를 통해 환자의 혈류를 우회시켰다.

　그리고 빠른 속도로 심장의 찢어진 근육을 봉합했다.

　대수술을 끝내고 약물로 정지되어 있던 심장을 깨우고 인공심장을 정지시켜 정상적인 맥박과 혈압을 확인했다.

　그 모습을 2층 관람석에서 지켜보던 의사들이 속으로 탄성을 질렀다.

　'고려의 의술이 이런 의술이었다니!'

　'심장을 정지시키다니! 그런 일이 어떻게 가능하단 말인가?!'

　'김신의 명성이 거짓이 아니구나! 동양 최고가 아니라 인류 최고의 의사다! 그보다 봉합 속도가 빠른 의사가 존재하지 않아!'

　'우린 지금 신세계를 보고 있어!'

　탄성이 곳곳에서 일어나고 있었다.

　"맙소사……."

　"세상에……."

　2층을 슬쩍 보던 김신이 무심한 표정으로 다시 환자를 쳐다봤다.

그리고 함께 온 의사들에게 말했다.

"수술을 마치겠습니다. 봉합합시다."

"예. 교수님."

봉합 할 때도 환자의 흉터를 줄이기 위해 안쪽으로 봉합을 했다.

수술이 끝났다. 우러러보는 의사들의 시선을 느끼며 김신과 의사들이 수술실에서 나왔다.

그리고 수술간호사였던 동현이 나왔다.

그에게 남편을 맡겼던 프랑스 여인에게 남편의 수술이 잘 끝났다고 직접 프랑스어로 설명했다.

여인이 울면서 김신에게 감사하다고 말했다. 지연이 그의 앞으로 가자 지연을 본 김신이 옅은 미소를 드러냈다.

조만간 미국으로 돌아갈 것이라는 것을 알았다.

"이제 뉴욕으로 돌아가는가?"

"예. 선생님. 이틀 후에 돌아갑니다."

"아쉽군. 그래도 이곳에서 오래 볼 수 있었는데 말이야. 자네의 빈자리가 꽤 클 것이네."

"저 말고 뛰어난 의사들이 많습니다."

"뛰어난 의사들은 많지만 자네만 한 의사는 또 없지. 하지만 돌아가서 더 많은 사람들을 살릴 것이라고 생각하네. 환자를 따지는 데에 국적 따윈 필요가 없으니까. 돌아가서 잘 지내도록 하게."

"예. 선생님. 그동안 수고하셨습니다."

악수를 하고 서로를 부둥켜안으려다가 김신의 수술복에 묻은 피 때문에 웃으면서 물러났다.

그리고 작별을 하고 다음에 볼 수 있기를 소망했다.

김신이 프랑스에 남아 계속해서 환자들을 치료했다.

그와 지연에 관한 소식은 전 유럽에 알려지고 프랑스 정부에도 전해졌다.

일개 의사에 관한 이야기에 프랑스 정치가가 관심을 가지기란 쉬운 일이 아니었다.

총리인 클레망소를 통해서 대통령인 푸앵카레가 보고를 받았다. 그만큼 김신과 지연의 명성이 대단했다.

두 사람에 대한 신원 문서가 그의 손에 들려 있었다.

"고려 최고의 명의라고 합니다. 그런데 프랑스의 어떤 의사도 그보다 뛰어나지 않다고 합니다. 그나마 미국 시민권을 가진 제나 존스라는 이름을 가진 고려 의사가 비슷한 실력을 지니고 있다 합니다. 우리 의사들이 감히 상상할 수 없는 수술법으로 사람들을 치료하고 있다고 합니다."

클레망소가 전하는 이야기를 듣고 푸앵카레가 다시 문서를 살폈다.

지연을 보면서 호기심 어린 눈빛을 드러냈다.

"여자군. 보통 여자라고 하면 간호사인데 말이오."

"김 교수를 따르는 간호사 중에 이동현이라는 자는 남자입니다. 아무래도 고려인은 성별에 따라 직업을 가르진 않는 것 같습니다."

"그래도 이 여자는 미국인이오. 뭐, 이 여자 때문에 미국에서도 그렇게 변할 수도 있겠지만. 어찌되었건 대단하긴 한가 보오. 내게 보고까지 전해지니 말이오. 그래서 대통령인 내가 어찌했으면 좋겠소?"

무엇을 원하는지 클레망소에게 푸앵카레가 물었다. 그리고 클레망소가 대답했다.

"내무부 공중위생과장의 의견입니다. 프랑스 의술보다 고려의 의술이 훨씬 뛰어납니다. 무엇보다 우리 의사들이 감히 상상할 수 없는 의료장비들을 쓰고 있다고 합니다. 얼마 전에 고려와 미국이 공동의 방위 조약을 맺으면서 의술을 공유하고 함께 연구하고 발전시키기로 했는데 그런 발전이 우리에게도 필요합니다. 고려가 뛰어난 사실을 인정하고 그들의 선진 의술을 받아들여야 한다고 요청했습니다. 따라서 각하의 조치가 필요합니다."

보고를 받고 푸앵카레가 다시 문서에 쓰인 두 사람을 확인했다. 그리고 잠시 고민했다.

진지하게 클레망소에게 물었다.

"지금 고려는 우릴 어떻게 생각하고 있소?"

클레망소가 대답했다.

"그들이 식민지를 독립시켜야 된다고 말했을 때 우리 정부가 거부했습니다. 그들이 일본과 전쟁을 치르기 위해 생산하고 군에 배치했던 야포가 우리 화포였기에 생산에 제동을 걸었습니다. 때문에 프랑스에 대한 고려의 감정은 그

96

리 좋은 편이 못 됩니다. 함께 전쟁을 치렀지만 신뢰보다는 이해관계가 맞아 떨어진 관계입니다."

한숨을 쉬면서 푸앵카레가 말했다.

"지금 상태에서 그들의 지식을 얻기란 쉬운 게 아니겠군. 그렇다면 당근부터 제시를 해야 우리에게로 나올 텐데 어떻게 했으면 좋겠소? 좋은 수가 있겠소?"

고민하다가 클레망소가 대답했다.

"훈장을 수여하는 것이 어떻겠습니까?"

"훈장?"

"레지옹 도뇌르를 말입니다. 김신이 프랑스에 와서 그가 살린 장병들과 민간인들만 수두룩합니다. 프랑스인이었다면 진즉에 훈장을 받았을 것입니다. 그리고 외국인에게도 레지옹 도뇌르를 수여할 수 있으니 그에게 훈장 수여를 하시면……."

"고려와 막혀 있던 관계도 뚫리겠군."

"제 생각은 그렇습니다."

푸앵카레가 다시 한번 더 생각하고 지시를 내렸다.

"제나 존스는 프랑스를 떠나니 어쩔 수 없고, 김신에게 훈장을 수여해서 고려의 관심을 끌어보시오. 레지옹 도뇌르 코망되르로 말이오. 세번째 등급이지만 코망되르라면 그의 공적을 치켜세우기에 부족함이 없을 것이오."

"알겠습니다. 각하."

대통령의 지시를 받고 총리가 바쁘게 움직였다.

프랑스 최고 훈장으로 알려진 레지옹 도뇌르를 김신에게 수여해 강국으로 떠오른 조선과 협력할 수 있는 길을 열려고 했다.

그에 대한 통보가 김신에게 전해졌다.

프랑스 정부 관리가 김신을 찾아와서 훈장 수여 소식을 알렸다. 신문기자들을 대동하고 대면했다.

"사흘 뒤에 대통령궁에서 훈장 수여식이 있을 것이오. 프랑스 장병과 국민을 치료한 공적을 인정해 정부에서 훈장 수여를 하고자 하오. 그러니 날짜에 맞춰서 파리로 오시오."

관리의 이야기에 함께 들은 동현이 환하게 웃었다. 그리고 김신을 쳐다봤다.

통보를 받은 김신은 불편한 표정을 지었다.

"제가 대통령궁으로 가면 자리를 비워야 합니다."

"그 자리를 다른 이가 채울 수 있소."

"그럴 수 없습니다. 저와 함께 해온 의료진은 철저하게 저를 상대로 맞춰져 있습니다. 제가 빠지면 다른 의료진이 대신할 수 없습니다. 그러니 프랑스 정부엔 고맙지만 훈장을 수여받지 않겠습니다."

"……."

김신의 대답에 관리가 당황했다. 다시 훈장에 대한 권위를 알리려고 했다.

"비록 코망되르가 세번째 훈장이긴 하지만… 레지옹 도

뇌르는 프랑스 최고 훈장으로 그에 대한 보상도…….”

“응급환자입니다! 교수님!”

“…….”

“지금 수술실로 입실시키겠습니다!”

“…….”

동현의 외침이 관리의 이야기를 가로막았다.

들것에 실려 가는 부랑자를 보고 김신은 그를 살리기 위해 수여 사실을 전하는 관리를 내버려뒀다.

그에게 미안하다거나 기다려달라는 말도 하지 않았다.

수술실로 향하는 김신을 보면서 관리가 중얼거렸다.

“그래도… 레지옹 도뇌르인데…….”

프랑스 훈장의 권위가 바닥에 떨어졌다.

김신이 수여식을 거부했다는 이야기에 푸앵카레는 그런 생각을 할 수밖에 없었다.

클레망소로부터 보고를 받고 크게 분통을 터트렸다.

“어떻게 감히 프랑스 최고 훈장을 마다할 수 있는 거요? 이는 프랑스 공화국에 대한 모욕이오! 고려가 잘 나간다고 일개 의사까지 이런 식이라니! 반드시 후회하게 될 거요!”

말은 그렇게 했지만 딱히 김신을 후회하게 만들 수 없었다. 그를 건드려봐야 조선과의 관계만 나빠질 수 있었다. 프랑스 훈장의 권위가 바닥에 떨어졌다.

김신이 수여식을 거부했다는 이야기에 푸앵카레는 그런 생각을 할 수밖에 없었다.

클레망소로부터 보고를 받고 크게 분통을 터트렸다.

"어떻게 감히 프랑스 최고 훈장을 마다할 수 있는 거요? 이는 프랑스 공화국에 대한 모욕이오! 고려가 잘 나간다고 일개 의사까지 이런 식이라니! 반드시 후회하게 될 거요!"

말은 그렇게 했지만 딱히 김신을 후회하게 만들 수 없었다.

그를 건드려봐야 조선과의 관계만 나빠질 수 있었다.

그러나 김신이 보인 행동은 프랑스 국민의 자존심을 건드렸고 훈장 수여를 거부한 모습이 프랑스 신문 기자들에게 잡혔다.

이내 가판대의 신문으로 사람들에게 알려졌다.

신문을 읽던 프랑스 사람들이 분노했다.

"김신? 이자가 대체 뭔데 우리나라 훈장을 거부했다는 거야?"

"세상에, 레지옹 도뇌르야. 3등급이라고 해도 레지옹 도뇌르잖아. 이걸 받지 않겠다고 한 거야 지금?"

"대체 무슨 생각으로 이런 짓을 벌인 거지?"

대다수 신문은 사람들에게 자극적인 정보를 줘서 매상을 높이려고 했다. 그중에는 '이제는 오만한 고려인'이라는 제목으로 사람들의 심기를 건드리는 것도 있었다.

김신에게 앞에서 욕을 하거나 위해를 가하는 일은 없었지만 뒤로는 프랑스 국민들이 욕설을 늘어놓았다.

그 사실이 영국 정부에도 전해졌다.

프랑스 정부에서 어떤 의도로 훈장을 수여하려 했는지 영국 정부가 미리 그 사실을 알고 있었다.

로이드조지로부터 조지 5세가 소식을 전해듣고 물었다.

"그래서 외무장관은 뭐라고 하였나? 김신이라는 의사에게 훈장을 주려고 하는 프랑스 정부의 의도가?"

"미국이 고려와 방위조약을 맺고 모든 부분에서 교류하기로 한 만큼 프랑스도 고려와 교류를 벌여 국력을 높이기 위함입니다. 김신이라는 의사에게 레지옹 도뇌르를 수여해서 그 시작점을 만들려 했습니다."

"그런데 훈장 수여가 도리어 거부됐고 프랑스 정부의 자존심이 이만저만이 아니게 됐군."

"프랑스의 국격이 떨어졌다고 생각하고 있습니다. 프랑스 국민들이 크게 분노하고 있습니다."

"거부의 이유는?"

"더 많은 환자를 살리기 위해서입니다."

김신은 정치를 모르는 뼛속부터 의사인 사람이었다.

훈장으로 상징하는 명예조차 무엇인지 모르는 인물이었다. 아니, 그것을 알고 있음에도 중요하다 여기지 않는 사람이었다.

김신을 상대로 조지 5세가 관심을 표했다.

"대단한 의사인가 보군. 프랑스 놈들이 훈장을 주려고 할 정도면 말이야."

"세계 최고의 명의입니다."

"뭣이?"

"이미 프랑스뿐만 아니라 브리튼에까지 알려졌습니다. 뛰어난 실력에 우리 의사들이 구경하지 못한 장비를 쓴다고 합니다. 다른 의사들이 죽을 것이라 장담한 환자를 살린 적이 한두번이 아니라고 합니다."

김신에 대해 로이드조지가 알리다가 그가 영국군을 위해서 남긴 공적까지 설명했다.

"동맹국을 상대로 전쟁을 치를 때 그를 통해서 살아난 장병들이 있습니다. 어떤 병사는 머리에 총상을 입었는데 수술 시간이 생사를 가르는 상태에서 김신이 살린 적도 있습니다. 그리고 조지 왕자님도 그로부터 치료를 받았습니다."

"마른강에서 옆구리에 총상을 입었을 때 말인가?"

"예. 폐하. 그가 조지 왕자님을 살렸습니다."

김신에 대한 이야기를 듣고 조지 5세가 자리에서 벌떡 일어났다가 다시 앉았다. 그의 자식인 조지 6세가 마른강에서 부상을 입었을 때 김신이 그를 살렸다.

그 사실을 알고 조선에 대한 생각이 바뀌었다.

"짐에게는 은인이군."

"예. 폐하."

"짐에게 은인이면 대영제국 국민들에게도 은인이다. 그런 명의가 지금 프랑스에게 모욕을 당하고 있나?"

"뒷담화로 프랑스 국민들이 욕하고 있습니다."

"두고 볼 수가 없군. 그런데 또 고려를 견제해야 되니…
어떻게 해야 할지 고민이군…….."

조선을 견제하고 김신의 상황에 안타까워하는 조지 5세
를 보면서 로이드조지가 조선에 대한 이야기를 전했다.

영국 정부에서 조선을 두고 재평가했다.

"어쩌면 우리가 과하게 고려를 경계하는 것일 수도 있습
니다."

"무슨 뜻인가?"

"미국과 고려가 맺은 조약의 내용을 살펴보시면 알 수 있
습니다. 두 나라의 군대는 서로의 영토에 주둔시키면서 동
등한 나라라는 것을 증명했습니다. 그리고 기술과 과학,
교육을 비롯한 각 문화에서 교류를 갖기로 했습니다. 고려
황제가 소유한 주식은 인정되지만 경영에 일체 관여하지
않고 대리인을 통해서 배당금만 지급받기로 했습니다. 그
리고 그가 대주주인 회사의 경영자는 전원 미국인이고 회
사는 미국 정부에 세금을 납세합니다. 주식 시장 상장도
미국에서 이뤄지는 것이기에 미국 회사의 지위를 지켰습
니다. 이것을 두고 보시면…….."

"고려는 미국을 집어 삼키지 않았다?"

"오히려 협력해서 상생하려는 것이 맞습니다. 그리고 동
아시아 신생 국가들과 방위 조약을 체결했습니다. 이러한
결과를 두고 고려를 판단하게 되면 충분히 우리와 협력할
수 있습니다. 무리해서 우리 식민지를 해체시키려 하지 않

을 겁니다."

"그래도 잔소리는 하겠지."

"그것은 어쩔 수 없습니다."

로이드조지의 이야기를 듣고 조지 5세가 곰곰이 생각했다. 조선이 영국에 위협이 되지 않을 수도 있다고 생각했다.

"그렇다면 어떤 식으로든지 조선과 협력해야 되겠군."

로이드조지가 대답했다.

"그들의 우수한 기술을 배워야 합니다. 얼마나 앞서 있는지, 최대한 빠르게 따라잡으려면 우리가 독자적으로 기술을 개발하는 것보다 그들로부터 배우는 것이 빠릅니다. 고려와의 관계 개선이 필요합니다."

로이드조지의 주장에 조지 5세가 물었다.

"그들과 관계를 개선하기 위해 어떻게 해야 하겠는가?"

그리고 대답을 들었다.

"프랑스가 시도했던 방법이 있습니다."

"김신인가 하는 고려 최고의 명의를 이용해서 말인가? 하지만 그 방법은……."

"김신이 환자를 치료하는 곳에서 훈장 수여를 하셔야 됩니다. 김신이 프랑스 훈장을 거부한 이유는 그가 대통령궁으로 향하는 동안 환자를 살릴 수 없기 때문입니다. 진정한 의사인 그를 배려해주신다면 폐하의 훈장을 영광스럽게 수여받을 것입니다. 최고 훈장을 수여하셔야 됩니다."

로이드조지의 충언을 듣고 조지 5세가 잠시 생각했다. 그리고 이내 결론을 내렸다.

"그에게 친히 최고 훈장을 수여해야 되겠군."

"예. 폐하."

"대영제국 명예 훈장을 그에게 수여토록 하지. 그에게 훈장을 수여할 수 있도록 총리가 검토하라."

"알겠습니다."

조지 5세가 결정을 내렸고 로이드조지가 김신에게 훈장을 수여할 수 있도록 지시를 내렸다.

그가 프랑스로 향할 수 있는 사람을 찾아 대영제국 최고 훈장 중 외국인에게 수여할 수 있는 훈장을 준비했다.

그리고 김신에게 영국 관리들이 찾아갔다.

관리들이 프랑스에 입국했을 때 프랑스 정부는 그들이 어째서 왔는지 알 수 없었다. 그만큼 영국 정부는 프랑스를 의식하며 관리들이 방문한 이유를 철저히 숨겼다.

오래전부터 두 나라는 라이벌 의식이 있었다.

나폴레옹 시기에는 영국과 프랑스가 국가존망을 걸고 전쟁을 치렀던 일도 있었다.

그렇게 김신 앞에 영국 관리들과 훈장을 든 사람이 섰다. 그는 영국인들이 반드시 알아볼 수 있는 사람이었다.

일개 관리라기보단 고귀한 혈통을 지닌 사람 같았다.

실조선新정기

존대 받아야 하는 자들

'전하!'

'조지 왕자 전하께서 오시다니! 이게 대체……?!'

"맙소사……."

 왕위 계승 순위에서 1순위를 차지한 왕자는 아니었지만 조지 5세의 친자식이었다.

 조지 5세의 자식인 조지 6세가 예복을 입고 김신 앞에 섰다. 그를 김신이 알아봤다.

 환한 미소를 짓고 있는 얼굴과 총상을 입고 괴로워했던 그의 얼굴이 겹쳐서 보였다.

 "조지 왕자님이시군요. 전에 총상을 수술했던 것이 기억납니다. 부상 부위는 괜찮으십니까?"

"괘…괘…괜찮소."

"전시도 아닌데 프랑스에서 왕자님을 다시 뵐 줄은 몰랐습니다. 다시 뵙게 되어 영광입니다."

"나…나야말로… 여…영광이오… 이렇게 으…은인에게 훈장 수여를 할 수 이…있게 되었으니 말이오… 훈장을 받기로 해줘서… 고맙소…….."

"아닙니다. 전하. 저야말로 감사합니다."

"지…지금부터 훈장 수여를 하겠소…….."

조지 6세는 아버지나 계승권을 가진 형과 다르게 말더듬이였다. 그래서 말하는 데에 있어서 언제나 소심했고 누군가에게 그것을 드러내기를 두려워했다.

그러나 김신 앞에서는 용기 있게 이야기했다.

손에 훈장을 들었고 그와 함께하는 관리가 대신 증서를 읽기 시작했다. 대영제국 명예 훈장을 받는 김신의 공훈을 사람들에게 알렸다.

"성명, 신 김. 국적, 고려 제국. 신 김은 그동안 의사의 명예를 중히 여기며 많은 사람들을 치료하고, 특히 대영제국 황실의 군대를 치료하며 많은 장병들을 살린 바, 그 공적이 매우 뚜렷하다. 이에 대영제국 황실은 신 김에게 외국인이 수여받을 수 있는 최고 훈장인 대영제국 명예훈장 대십장 훈장을 수여한다. 대영제국 국왕 조지, 대독."

증서가 모두 읽히자 조지 6세가 김신의 왼쪽 가슴에 훈장을 달아줬다.

그리고 김신에게 축하한다는 말을 전했다.

"추…축하하오… 그리고… 대…대영제국의 국민이 되면… 저…정식으로… 기사가 될 수 있소… 나…나는 앞으로도 김교수가… 대영제국뿐 아니라… 다…다른 나라 사람들을 위해서 힘써줬으면 하오… 세상 모든 사…사람들의 부상과 병을 고쳐 주시오…….

최선을 다해서 말하는 조지 6세의 전언을 듣고 김신이 감동받았다.

"이 훈장의 명예를 더럽히지 않겠습니다. 감사합니다. 전하."

악수하면서 조지 6세에게 고맙다는 말을 전했다.

그로써 아름다운 모습이 만들어졌고 신문기자들이 찍은 사진은 이내 모든 프랑스 사람들에게 알려졌다. 영국 왕자가 직접 찾아와서 훈장을 수여했다는 소식에 크게 놀랐다.

"조지 왕자가 프랑스에 온 이유가 이거 때문이었어?"

"우리 훈장을 거부한 고려 의사에게 훈장을 수여하다니!"

"맙소사, 직접 찾아가서 준다하니까 받았어! 대체 고려인은 얼마나 오만한 거야?!"

수여받으러 움직이는 곳이 아닌, 그 자리에서 수여받은 김신을 두고 비난을 가했다. 그리고 그런 김신에게 훈장을 준 영국 정부의 태도를 비웃고 비하했다.

그때 거리에서 다른 외침이 울려 퍼졌다.

김신의 심정을 십분 이해할 수 있는 사람들의 외침이었다. 파리 거리에서 의사들의 외침이 울려 퍼졌다.

　"환자의 곁에 있어야 할 의사에게 오라 가라 하는 게 웬 말이냐?!"

　"정부는 뭐가 우선인지부터 좀 파악해!"

　"프랑스를 살린 세계 최고의 명의에게 세번째 훈장으로 생색내려 하다니! 정부는 프랑스인의 명예와 프랑스 의사들의 명예를 더럽히지 마라!"

　"와아아아~!"

　하얀 옷을 입은 의사들이 행진했다. 그 모습을 프랑스 파리 시민들이 지켜봤다.

　영국의 조치가 그들의 마음에 불을 지폈다.

　이내 대통령궁으로 김신에 대한 훈장 수여 소식과 프랑스 내 의사들이 시위를 벌인 사실이 전해졌다.

　푸앵카레가 분개하면서 책상을 주먹으로 내리쳤다.

　"프랑스에 와서 무슨 일을 하는가 싶었더니! 김신에게 직접 훈장 수여를 해?! 어떻게 이런 일이! 놈들 때문에 우리 모양새만 웃기게 됐소!"

　"완전히 당했습니다… 각하…….."

　"빌어먹을 해적 놈들!"

　푸앵카레는 영국이 벌인 훈장 수여에 분노했다.

　또한 영국이란 나라가 본래 프랑스의 적국이었다는 것을 기억했다.

영국의 영웅으로 알려진 '호레이쇼 넬슨'은 프랑스와의 해전에서 승리를 취하고 전사했던 자였다.

독일이 무너지자 영국이 프랑스의 뒤통수를 쳤다.

영국 신문사들도 발 빠르게 그 사실을 자국민들에게 알리면서 통쾌함을 느꼈다.

그 신문 중 하나가 클레망소를 통해서 푸앵카레에게 전해졌다. 신랄한 비판과 자존심을 건드리는 말이 기사에 실려 있었다.

[프랑스 정부는 대체 무슨 짓을 벌였는가? 세계 최고의 명의가 환자의 곁을 지키고자 하는데 프랑스 정부는 직접 찾아가서 훈장 수여를 하지 않고 대통령궁으로 명의를 불렀으니 이는 환자를 죽게 하는 것과 마찬가지다.

또한 레지옹 도뇌르라고는 하지만 3급 훈장을 수여함으로써 생색을 내기 위한 의도도 읽혀지고 있다. 고려와의 관계를 친밀하게 다지려고 했지만, 이제 프랑스 국민이 훈장 수여를 거부했다는 이유로 명의를 비난하고 있으니, 프랑스는 고려 제국에게 험악한 나라로 인상을 줄 것이 뻔하다.

대체 프랑스 정부는 무슨 짓을 벌였는가?

프랑스 국민의 의식 수준은 어째서 그 따위인가?

대영제국 정부는 최선을 다해 협상국 장병들과 많은 사람들을 치료한 명의에게 직접 찾아가서 훈장 수여를 했다.

세계 최고의 명의인 김신은 그것을 받을 자격이 차고도

넘친다.]

　"섬나라 해적 놈들!"

　푸앵카레의 분노가 폭발했다. 클레망소는 신문을 읽고
눈을 질끈 감았다.

　신문의 기사 내용은 프랑스 번역판을 통해서 프랑스 국
민에게도 전해졌고 프랑스인들은 영국인들의 조롱에 이
를 갈았다. 들고 있던 신문을 아예 찢어버렸다.

　"개 같은 놈들!"

　"감히 우릴 상대로 물 먹이다니!"

　"아무리 친해져도 영국 놈들은 영악한 놈들이야!"

　그러면서 영국 신문이 지적했던 부분을 곱씹었다.

　의사는 환자를 살리기 위해 곁에 있어야 한다는 주장을
부정할 수 없었다. 그것마저 부정하면서 조선을 상대로 자
존심이 긁힌 것을 화풀이 할 수 없었다.

　무엇보다 프랑스인들 사이에서도 강국이 된 조선과 친해
져야 한다는 생각을 갖고 있었다. 동맹국을 상대로 치르던
전쟁이 조선군이 참전하면서 어떻게 끝났는지를 알았다.

　프랑스인들 사이에서 공기가 바뀌었다.

　"김신에게 훈장 수여를 해야 돼."

　"영국 놈들이 최고 훈장을 줬다지? 우리도 최고 훈장을
줘서 고려 정부의 관심을 끌어야 돼."

　"이 대로면 우리는 고려에 반감을 가진 나라로 낙인찍힐

거야."

더해서 정부가 실수를 만회해야 된다고 생각했다.

"영국이 조지 왕자를 보냈는데 우리는 총리 정도는 가야 하는 거 아냐?"

"환자 옆에 의사가 있어야 하는데 직접 찾아가서 훈장을 수여해야 돼."

"1급 레지옹 도뇌르 정도는 되어야 해. 그래야 영국 놈들이 비웃지 않을 거야. 고려와의 관계를 위해서도 그렇게 해야 돼!"

파리 시민들이 푸앵카레에게 바람을 전했다.

"우리도 고려 의사에게 최고 훈장이 수여되길 원한다!"

"정부는 프랑스의 명예를 더럽히지 마라!"

"환자의 곁에 있어야 할 의사에게 직접 가서 훈장을 수여하라!"

"수여하라! 수여하라! 수여하라!"

"와아아아~!"

인원이 많은 시위대는 아니었다.

그러나 대통령궁 앞에 모인 천명의 시위대는 프랑스 전체의 목소리를 전하기에 부족함이 없었다. 푸앵카레는 집무실에서 그들의 목소리를 들었다. 그리고 클레망소에게 조치를 전했다. 하기 싫은 일을 억지로 하는 느낌이었다.

"해적 놈들이 직접 와서 훈장을 수여했는데… 우리가 이대로 가만히 있으면 고려가 우릴 그리 좋게 여기지 않겠지……."

"그럴 겁니다."

"군주가 존재하는 영국에서 왕자가 와서 훈장 수여를 했는데 우리도 그에 못지않은 사람을 보내야 하지 않겠소… 총리가 가서 훈장 수여를 하시오."

"훈장의 등급을 높입니까?"

"1급 대영제국 명예 훈장이라는데 우리도 맞춰서 가야지… 1급 레지옹 도뇌르로… 그랑크루아를 수여하시오."

"알겠습니다. 각하."

"김신에게는 미안하다는 말도 전하시오."

"예……."

조선의 국력과 성난 민심 앞에서 고개를 숙였다.

푸앵카레의 지시로 1급 레지옹 도뇌르인 그랑크루아가 김신에게 수여되기로 결정됐다. 총리인 클레망소가 수행원들을 이끌면서 찾아갔고 도착했을 때 김신은 수술 중이라 곧바로 훈장을 수여할 수 없었다. 자정이 거의 되어서야 김신의 수술이 끝나고 그를 만날 수 있었다.

클레망소를 본 김신이 어리둥절했다. 그러자 한 프랑스 의사가 그에게 클레망소가 누구인지 알려줬다.

"프랑스 총리십니다."

"아."

어째서 수술실 앞에 사람들이 모여 있는지 알 수 있었다. 프랑스 의사들은 크게 긴장하고 다른 나라 의사들은 수군

거리면서 프랑스 총리가 온 사실에 신기하게 여겼다.

그런 가운데서 클레망소가 김신에게 사과의 말을 전했다.

"미안하오."

"……?"

"전에 훈장 수여를 위해 대통령궁으로 오라고 통보한 것에 대해서 말이오. 김 교수를 배려하지 못한 결정이었소. 그 일에 대해서 사과하오."

고개를 숙이지는 않았다. 그런 행동은 애초에 서양 예법이 아니었다.

많은 사람들이 공개되는 곳에서 클레망소가 사과하자 김신은 무심한 말투로 그의 사과를 받아들였다.

"괜찮습니다. 저야말로 영예로운 자리를 거부함으로써 프랑스 국민들을 불편하게 만들지 않았나 싶습니다. 정말 죄송합니다."

김신 또한 프랑스 정부를 상대로 사과하자 모양이 좋았다. 클레망소가 수행원들에게 눈짓을 줬고 훈장이 담긴 함을 꺼낼 것을 지시했다. 그리고 함이 열리자 모든 프랑스인의 눈이 휘둥그레졌다.

'그랑크루아?!'

'최고의 레지옹 도뇌르잖아?!'

김신에게 클레망소가 훈장을 수여할 예정이었다. 그 훈장은 프랑스 최고 훈장 중에서도 최고의 훈장이었다.

나폴레옹이 황위에 오르면서 만들어진 최고 등급의 훈장

이었다.

"전에 세번째 등급의 훈장으로 결례를 범하지 않았나 하오. 하여 이번에는 최고 등급의 훈장을 가지고 왔소. 그리고 지난번의 잘못을 만회하고 싶소. 김교수에게 훈장을 수여해 프랑스와 김교수의 명예를 함께 높이고 싶소. 우리의 훈장 수여를 허락해 주시오."

클레망소의 이야기를 듣고도 김신의 대답은 바로 나오지 않았다. 그의 시선은 클레망소와 수행원들의 뒤에 있는 사람에게 향해 있었다.

걸음을 옮겨 그 앞으로 향했다.

"따님의 수술 결과가 궁금하시지요?"

"예?"

"잠시만 기다려 주십시오."

수술을 받은 환자의 노부모가 뒤에 서 있었다.

클레망소를 비롯한 수행원들이 앞을 막고 있어서 딸의 수술 결과를 알지 못해 발을 동동 구르고 있었다.

그런 노부모를 김신이 먼저 배려했다.

"죄송하지만 수술 결과를 설명해야 되는데 시간을 내어 주실 수 있습니까? 설명을 드린 후에 훈장 수여를 받겠습니다."

"그…그렇게 하시오……."

또 다시 실수를 저지르고 싶지 않았다. 그러나 이미 실수를 저지른 상태였다.

사람들이 보는 앞에서 클레망소가 부끄러움을 느꼈다.

얼굴을 붉히면서 빨리 그 자리에서 떠나고 싶었다. 그는 보호자에게 수술 결과를 설명하는 김신을 지켜봤다.

김신의 설명에 노부모는 울음을 터트렸고 '메르시'라는 단어를 몇 번이나 남발하며 김신에게 고마움을 표시했다.

메르시는 고맙다는 뜻의 프랑스 단어였다.

설명이 끝나고 보호자가 병실로 향하자 그제야 김신에게 시간이 난 줄 알고 클레망소가 나섰다.

그러나 또 한번의 기다림이 있었다.

"너무나도 명예로운 훈장입니다. 그런데 복장이 깨끗하지 못합니다. 깨끗한 옷으로 갈아입고 수여받겠습니다."

옷을 갈아입을 때까지 다시 기다려야 했다.

피 묻은 수술복 차림으로 훈장을 받을 수 없다는 김신의 말에 어느 누구도 비난하거나 그것이 틀렸다고 말할 수 없었다.

잠시 후 옷을 갈아입은 김신이 모습을 드러냈다.

비로소 그에 대한 프랑스 최고 훈장의 수여식이 이뤄졌다. 클레망소가 직접 증서에 쓰인 문구를 읽었다.

"고려 제국 의사인 신 김은 그동안 프랑스의 군인을 치료하고 프랑스의 국민을 치유하였소. 또한 의사로서 명예를 드높이고, 성인으로 여겨지기에 부족함이 없는 모범을 보여준 바, 프랑스 정부는 고려인인 신 김에게 최고 훈장인 레지옹 도뇌르 그랑크루아를 수여하오. 앞으로도 전 인류를 위해서 힘써 주기 바라오. 프랑스 공화국 총리, 조르주 클레망소 대독."

증서를 김신에게 주고 하얀 가운에 훈장을 달아줬다.

레지옹 도뇌르가 패용되는 위치 옆에 대영제국 명예훈장이 있었고 그것을 본 클레망소의 표정이 잠시 동안 어두워졌다. 그러나 이내 인상이 펴지면서 그가 김신을 보며 미소 지었다.

악수하고 사람들이 보는 앞에서 덕담을 건넸다.

"고려인의 위대함이 김교수를 통해서 전해질 것이오."

그리고 김신이 클레망소에게 감사하다는 말을 전했다.

"앞으로 고려와 프랑스는 전쟁을 함께 치른 만큼 더욱 친밀해질 겁니다. 영예로운 훈장을 주셔서 감사합니다."

훈장 수여가 이뤄지고 사람들이 환호했다.

김신의 이름을 연호하며 그가 프랑스에서 남긴 공적을 기념했다. 그리고 클레망소도 그로써 조선과의 관계 회복을 기대했다.

앞으로 동양의 패권 국가가 될 조선과 좋은 관계를 이루면서 그들의 기술을 배우고 프랑스를 더욱 발전시킬 생각을 했다.

그 후에 세계 최고의 나라로 건설하길 원했다.

영국과 프랑스로부터 김신이 최고 훈장을 수여받은 사실이 세상에 알려졌다.

그 소식은 이내 한양으로도 알려지게 됐다.

장성호가 이희를 만나서 이야기했다.

"영길리와 불란서 최고 훈장을 어의께서 수여받으셨습니다."

"어의의 실력이면 그것으로도 모자라지. 귀국하면 짐도 그에게 훈장을 수여할 것이다. 외국에서 인정해주는 명의를 자국에서 인정하지 않는다는 것은 있을 수 없다. 부처 대신들과 논의해서 결론짓고 보고하라."

"예, 폐하. 하온데 쉽게 귀국하기는 힘들 것 같습니다."

"어째서 말인가?"

"어의의 실력을 직접 본 서양의 의원들이 가르침을 전수해 달라고 아우성치고 있습니다. 그리고 서양 나라들이 의학 발전을 위해서 기술 교류를 벌이자고 정식 요청을 해왔습니다. 만약 의학대학이 지정되면……."

"어의가 교수로 부임할 수도 있겠군. 그가 원한다면 말이다. 어의에게 어떻게 할 것인지 물어보고 답을 전하라."

"황명을 받들겠습니다. 폐하."

전 세계에 이름을 드높이고 있었다.

그리고 김신을 통해 조선은 서양 사람들에게 의술이 뛰어난 나라로 알려지게 됐다.

거기에 소아마비 백신은 불을 번지게 만드는 기름이 됐다. 돈만 밝히는 의사가 아닌, 진정으로 환자를 생각하는 명의가 그를 통해서 더욱 많이 탄생되기를 원했다.

조선의 국익만을 위한 것이 아닌 인류 전체를 위해서였다. 그런 생각을 하며 조치를 전하고 나서 이희는 다른 명의를 기억해냈다.

"안지연… 유과장의 부인이었지."

"예. 폐하."

"그도 어의만큼 뛰어난 명의라고 들었네. 유과장의 부인
에게 훈장 하나조차 줄 수 없다니 아쉽군."

"미국 시민권을 가지고 있는 만큼 미국 정부가 알아서 움직
여줄 겁니다. 세상은 어의뿐 아니라 안선생도 기억합니다."

안지연은 김신에 비해 주목도가 떨어졌다.

그러나 지연도 김신만큼 숱한 사람들을 살리고 인류에
공헌했다. 그런 공헌이 인정될 수 있기를 소망했다.

* * *

김신으로 인해 유럽이 시끄러웠던 순간 지연은 미국의
병원선을 타고 대서양을 횡단하고 있었다.

그리고 뉴욕항에 도착해 마중 나와 있던 성한을 만났다.

성한의 곁에 그녀의 사랑스러운 두 아이가 있었다.

"정호야! 혜민아!"

"엄마!"

정호와 혜민이 지연에게 달려갔다. 복귀한 군의관과 간호
사들이 가족을 만나 기뻐했고 지연도 그들 중 한 사람이 됐
다.

고등학생인 정호는 이미 성한의 키를 따라잡고 듬직한

모습을 보였다.

다 큰 아들과 딸을 끌어안고 지연이 눈물을 흘렸다.

그리고 성한의 얼굴을 보고 환하게 웃었다.

"여보."

"잘 다녀왔어. 손이 많이 상했네."

"그야 의사니까."

"정말 무사히 돌아오라고 기도했어. 이렇게 돌아와 줘서 정말 고마워. 얼마나 보고 싶었는지 몰라."

"나도 마찬가지야."

"이제 다시 함께 사는 거야."

성한이 지연과 두 아이를 함께 끌어안았다.

이 모습을 석천과 대원들이 뒤에서 흐뭇한 표정으로 지켜보고 있었다. 석천의 아내인 유정은 눈물지으면서 지연의 귀환을 기뻐했다.

그들의 앞에서 불빛이 번쩍였다. 사진기를 든 신문기자들이 성한과 지연을 중심으로 사진을 찍고 있었다.

뉴욕으로 돌아오기 전에 기자들이 있을 거라고는 생각했다. 하지만 그 정도까지는 아니었다.

"어째서 기자들이 이렇게 많은 거야? 그리고 사람들도 많아. 대체 무슨 일이야?"

지연의 물음에 성한이 대답했다.

"우리 삶이 많이 바뀌게 될 거야. 앞으로 말이야. 폐하께서 내가 가졌던 주식의 대주주라는 사실이 세상에 알려졌어."

"뭐?"

"너 정말… 의사로서 사람 살리는 것만 충실했구나?"

"맙소사……!"

뒤늦게 성한의 정체가 밝혀졌다는 사실을 알고 놀랐다.

해리 존스는 고려 황제의 대리인이었고 지연은 그의 부인이었다. 그것은 곧 미국을 움직이는 요인들 중의 한 사람이라는 것을 의미했다.

소스라치게 놀란 지연의 표정이 그대로 사진기에 잡혔다. 사진기에 그녀의 눈동자가 옆으로 돌아가는 모습이 찍혔다.

그녀가 보고 있는 곳을 성한과 아이들도 보고 있었다.

모든 사람들이 그곳을 주목했다.

그곳에 중절모를 쓴 미국의 고관이 서 있었다.

그는 미국 대통령이었다.

"존스 부인? 아니지, 존스 중령."

"예……?"

"합중국 대통령. 토마스 우드로 윌슨이오. 존스 중령에게 훈장을 수여하고 싶은데, 수여가 가능하겠소?"

"예, 예… 가능합니다……."

"고맙소. 잠시만 기다려 주시오."

미 대통령이 직접 와 있을 줄은 아무도 예상하지 못했다. 하선한 장병들과 선원들의 어안이 벙벙해진 가운데 대통령을 경호하는 경호대가 사람들을 조금 물리며 공간을 만들어냈다.

항구의 모든 사람들이 지켜보는 곳에서 훈장 수여가 이뤄졌다.

훈장의 형태는 별 모양이었고 그것을 장식하는 끈의 색은 하늘색이었다. 그리고 끈이 묶인 부위에 13개의 하얀 별이 박혀 있었다.

훈장을 보고 군인들의 동공이 확장됐다.

"맙소사! 명예훈장이잖아!"

"의회명예훈장 수여라니……!"

미합중국 최고의 훈장이었다. 그 훈장은 살아서 수여받기 힘든 훈장이었다. 생애 동안 이루기 힘든 공적을 남겨야만 받을 수 있는 훈장이었다.

윌슨이 메달 형태의 훈장을 지연의 목에 걸어줬다. 그리고 그녀가 군에 속해 있는 만큼 군인의 예법으로 경례했다.

미 대통령이 지연에게 경례했다.

"미합중국 의회명예훈장 수여를 축하하오. 존스 중령. 앞으로도 뛰어난 의술로 군인과 시민, 인류를 위해서 치유하고 힘써주시오. 국민과 정부는 존스 중령이 미국 시민이라는 것을 자랑스럽게 여길 것이오."

"예… 각하……."

얼떨결에 지연이 손으로 경례했다.

그 모습이 그토록 어색할 수가 없었다.

그녀는 전시에 징집되어서 총 한번 안 잡아보고 군의관

이 되었기에 스스로 군인이라 생각하기보다 한명의 의사라고 생각하고 있었다.

수여식이 끝나고 사람들의 함성과 박수 소리가 터졌다.

지연이 어리둥절해하며 성한에게 물었다.

"이거, 좋은 거야?"

환하게 웃으면서 성한이 대답했다.

"엄청 좋은 거지. 나중에 설명해줄게. 아마 알게 되면 기절할지도 몰라. 까방권 중의 까방권이야."

까임방지권이라는 말은, 어떤 욕먹을 짓을 해도 사람들이 봐줄 수 있는 권리를 뜻하는 일종의 유행어였다.

2000년 초반에 유행했던 단어이기에 지연은 이해하지 못했다. 그러나 명예훈장이 주는 혜택과 그것에 대한 사회적 인식을 들었을 땐 그녀의 두 아이가 적어도 부당한 손해를 받지 않을 것이라는 것을 알고 지연이 매우 기뻐했다.

성한의 가족은 전쟁 영웅 가족이 됐다. 제나 존스라는 이름 성은 미국의 역사에 영원히 남겨지게 됐다.

외교 정치적인 사안과 미국의 자존심이 얽혀서 벌어진 일이었지만 그녀가 훈장을 받는 것에 대해서 어느 누구도 반론을 제기하지 않았다.

다시 네 가족이 단란하게 살아가기 시작했다.

문화대혁명

미래가 당겨지고 있었다.

개성의 선진과학기술 연구소에 이희가 시찰했고 그를 따라 김인석과 장성호, 이상재, 주시경 등이 따라 움직였다.

조정의 일부 대신들과 수행원들이 함께 움직인 가운데 과학기술부대신인 박은성이 연구소에서 개발된 최신 기술을 선보였다.

이희의 손에 작은 부품이 들려 있었다.

"이게 뭔가?"

조선 황제의 물음에 박은성이 대답했다.

"축전기라고 합니다."

"축전기?"

"직류로 흐르는 전기를 막고 교류로 흐르는 전기를 통과시키는 부품입니다. 전기를 축적하기에 전원이 차단되면 회로에 전기를 보내다가 서서히 전원을 꺼트립니다. 혹은 전기가 공급되고 있을 땐 전류에 숨어 있는 이상 전류를 걸러내기도 합니다. 서양에서 이미 개발된 것이지만, 폐하께서 들고 계신 부품보다 백배나 큽니다."

"그러면 서양에선 사람 허벅지만 하겠군."

"예. 폐하. 축전기가 있어야 여러 전자 제품을 만들 수 있습니다."

"그러면 이것은 무엇인가?"

"반도체입니다. 폐하."

전자 제품에 쓰이는 작은 부품들을 이희와 대신들에게 선보였다.

박은성의 설명에 대신들은 이해를 하면서도 못하겠다는 표정을 지었다.

그걸로 어떤 것을 만들 수 있는지 감히 상상하지 못했다.

세 가닥의 철선이 합성수지 안에서 결합된 작은 부품이었다.

그것은 미래에 트랜지스터라 불리는 부품이었고 절연체와 도체가 접합되었기에 '반도체'로 불렸다.

미래에서 반도체라 불리는 것은 트랜지스터와 축전기 등의 소자가 1000개 이상 모인 집적회로를 말하는 것이었다.

그러나 진짜 반도체로 불려야 하는 것은 집적회로가 아닌 트랜지스터였다.

손에 트랜지스터를 들고 살피다가 이희가 박은성에게 물었다.

"이걸 가지고 무엇을 만들 수 있는가?"

반대편에 전시된 기물을 가리키면서 박은성이 대답했다.

"영상출력기입니다."

"영상출력기?"

"폐하께서 보신 부품들을 조합해서 영상출력기를 비롯해 다양한 전자제품을 개발할 수 있습니다. 이제 문자가 아닌 영상의 시대가 왔습니다."

그저 볼 때는 유리판을 붙인 상자 같았다.

그러나 박은성이 영상출력기라 불리는 기물을 작동시켰을 땐 사람들의 눈이 휘둥그레질 수밖에 없었다.

유리판에서 사람이 나왔고 동물이 나타났다.

그리고 산과 풀이 나타나고 나비가 날개를 펄럭이며 비행하자 사람들은 처음에 탄성을 질렀다가 입을 벌린 채로 그것을 지켜보았다.

이희는 그것이 무엇인지 이미 알고 있었다.

그리고 이상재는 자신이 그것을 안다고 생각했다.

아는 척을 하면서 박은성에게 물었다.

"이건 영사기가 아니오?"

박은성이 고개를 가로저었다.

"비슷하지만 영사기는 아닙니다. 영사기는 돌아가는 필름에 불빛을 비춰서 상을 맺게 함으로 영상으로 보여주는 것이고, 영상출력기는 안에 탑재 된 음극선관으로 직접 영상을 보여주는 것입니다. 그리고 스피커라 불리는 음성출력기를 통해서 소리도 함께 들려줄 수 있습니다. 지금은 직접 영상을 재생해야 되지만 후에 방송국에서 영상을 전파로 송출하게 되면……."

"무선으로 전파를 받아 영상을 보일 수 있다?"

"그렇습니다. 역시 문화체육관광부대신이셔서 이해가 빠르십니다. 집집마다 영상출력기가 판매되면, 집에서 나라와 세상에서 일어나는 소식을 빨리 접하게 될 겁니다. 무엇보다 영화를 집에서 볼 수 있습니다."

박은성의 이야기를 듣고 이상재가 고개를 끄덕였다. 그리고 생각이 번뜩였다.

"백성들이 영상출력기로 영화를 볼 수 있다면 영화 상영 전에 홍보를 벌일 수도 있겠군."

"신문에 게재되는 홍보처럼 말입니까?"

"그렇소. 그뿐 아니라 백성들이 옳은 방향으로 생각할 수 있도록 좋은 이야기를 짧게 넣을 수도 있을 것 같소. 예를 들어 쓰레기를 길에 함부로 버리면 안 된다는 그런 이야기를 말이오. 영화도 상영 시간에 맞춰서 한 편씩 상영할 필요도 없을 것 같소. 10시간짜리 영화를 만들어서 10편으로 나눌 수 있으니 말이오. 그렇게 해서 정해진 시간에 상영하게 되면……."

"아마 그 시간을 백성들이 학수고대 할 겁니다."

"많은 백성들이 영화를 볼 수 있길 그렇게 소망하니 말이오. 그리고 한 작품이 아니라 여러 작품을 상영할 수도 있을 것 같소. 하지만 다만 걱정하는 것이 있다면, 백성들이 집에서 영상출력기 앞에만 있게 되는 게 아닐까 하오. 내게는 그것이 걱정이오."

이상재의 의견을 듣고 박은성이 미소 지었다.

그와 장성호와 김인석의 시선이 마주쳤다. 그리고 장성호가 말했다.

"어차피 밤에 백성들이 할 수 있는 것도 없습니다. 물론 책으로 공부를 하는 백성들도 있지만 극과 그림, 음악 등 풍류를 공부하고, 그것으로 더 소중한 것을 공부할 수도 있습니다."

"어떤 것을 말이오?"

"바로 역사입니다. 우리의 역사를 영화로 제작할 수도 있습니다. 문화체육관광부대신이 말씀하신대로 10편으로, 아니, 100편의 연속극으로 제작할 수 있습니다. 그것으로 자연스러운 역사 공부가 된다면 영상출력기는 좋게 쓰일 수 있습니다."

"옳은 이야기요."

우려하는 바가 있었지만 얻을 수 있는 이점도 매우 컸다.

세상에 존재하는 모든 것은 양날의 검이므로 그 검을 어떻게 휘두르냐가 중요했다.

이상재가 이희에게 충언을 올렸다.

"신이 단언컨대 영상출력기의 기술은 무궁무진하게 쓰일 것이라 여겨집니다. 백성들의 집에서 쓰이는 것도 쓰이는 것이지만 지금 영사기로 영화를 상영하는 극장에서도 크게 쓰일 것이라 사료됩니다. 백성들에게 큰 즐거움과 가르침을 전할 수 있을 것이라 생각합니다. 무엇보다 서양인들의 생각을 송두리째 바꿀 수 있습니다."

"어떤 생각을 말인가?"

"우리에 대한 생각입니다. 영길리와 불란서, 미리견은 우리에 대해 기술과 과학, 경제, 외교, 군사력에서 앞서는 나라라고만 생각합니다. 하지만 우리에겐 외국이 부러워할 수 있는 당당한 역사와 정신, 전통이 있습니다. 폐하께서 맡겨 주신다면 신이 그것을 이뤄서 보여드리겠습니다."

영상이라는 매체로 대업을 성취하겠다는 이상재의 말에 이희가 미소를 지었다.

그리고 장성호를 쳐다봤다.

"유과장이 말한 것은 없는가?"

이제 유성한이 이희의 대리인이라는 것을 세상 모든 사람들이 알고 있었다.

이희의 물음에 장성호가 수행원을 통해서 문서 하나를 받았다.

"그렇지 않아도 영상출력기를 폐하께 보여드리고 유과장이 전한 이야기를 알려드리려고 했습니다."

"어떤 이야기인가?"

"영화와 관련된 이야기입니다. 미국에서 영화 산업 육성을 준비하고 있지만 중요한 것은 조선이라고 했습니다. 조선의 영화 산업 육성 계획을 유과장이 준비했습니다."

장성호가 이희에게 봉투를 건네주었으나 이희는 그것을 열어보지 않았다.

이내 이상재에게 넘겼다.

"문체부 대신이 확인하라."

"예. 폐하."

이상재가 봉투를 열어서 안에 담겨 있는 문서를 살폈다. 그리고 눈을 크게 키웠다.

"이건⋯⋯."

사람들이 주목하는 가운데 이희가 물었다.

"어떤 내용인가?"

"영화 도시 건설에 관해서라고⋯ 쓰여 있습니다⋯⋯."

"영화 도시?"

"제주도를 후보로 추천했습니다. 영화 도시를 건설하면 그곳에 영화 제작사가 자리 잡고 영화 제작을 위한 자본과 인재, 장비 제작 업체들이 한곳에 모여, 영화 촬영을 벌일 수 있다고 합니다. 최소한의 자본과 시간으로 최고의 영화를 제작할 수 있게 된다고 합니다."

"그런데 어찌하여 제주도인가."

"제주도엔 무엇보다 경사가 완만한 한라산이 있어서 평지와 산지를 모두 나타낼 수 있어서라고 쓰여 있습니다. 게다가 영화가 성공하면 제주도에 많은 관광객들이 모일 것입니다. 이것은 신의 생각을 뛰어넘는 것입니다. 폐하."

이상재가 이희에게 감탄하며 문서에 쓰인 내용을 전했다.

그것을 들은 이희는 장성호를 비롯한 후손들을 보면서 미소 지었다.

그리고 이상재에게 명을 내렸다.

"경이 그렇게 생각하니 그대로 행하라. 그리고 좋은 생각이 나온다면 특무대신과 상의하라. 짐은 조선의 영화를 통해 우리 문화의 위대함을 보일 것이다."

"황명을 받들겠습니다. 폐하."

장성호와 이상재의 시선이 마주쳤다.

조선의 영화 산업 육성을 위해 두 사람의 역할이 매우 중요했다.

한양으로 돌아와서 그것에 대한 이야기를 심도 있게 나눴다.

문화체육관광부에서 제주도에 영화 도시를 건설하기로

하고 동시에 영상출력기의 기술로 상영할 수 있는 영화 제작 계획을 세우기 시작했다.

이상재가 먼저 장성호에게 의견을 냈다.

"특무대신이 역사를 이야기해서 생각이 떠올랐소. 나는 백성들이 위대한 조선의 역사를 기억해야 한다고 생각하오. 그리고 자랑스러운 순간이 있다면 우리가 유럽에서 전승을 거둔 것이오. 그래서 전쟁 영화를 제작해야 된다고 생각하오."

"유럽에서 있었던 전투로 말입니까?"

"그렇소. 영상출력기의 기술을 제대로 선보일 수 있고 세상의 모든 영화의 전례를 뒤집을 수 있는 영화로 말이오. 나는 우리가 충분히 그럴 수 있다고 생각하오. 그래서 그런 영화를 만들 수 있는 사람이 필요하오. 나로서는 그 부분이 가장 큰 문제요."

"……."

"제주도에 영화 제작을 위한 도시 건설은 현재 영사기로 촬영을 벌이는 사람들의 의견을 수렴해서 건설하면 되오. 혹, 좋은 해결책이 있겠소?"

이상재의 물음에 장성호가 의미심장하게 미소 지었다.

"해결책이라고 해봐야 그런 영화를 제대로 만들 수 있는 영화 제작자를 찾는 것이지 않겠습니까?"

"그렇소."

"그렇다면 해결될 수 있을 것 같습니다. 제가 아는 사람

중에 그런 사람이 한명 있습니다. 한번 물어보고 이야기해
드리겠습니다."

장성호가 해결할 수 있다는 말에 이상재가 기대했다.

문화체육관광부에서 나온 장성호가 총리부로 와서 김인
석에게 이야기했다.

설명을 들은 김인석이 장성호에게 물었다.

"전쟁 영화?"

"예. 전쟁 영화입니다."

"지금의 촬영 기술이라면 멋지게 만들 수 있겠지. 아니,
이 시대의 촬영 기법에 비해서 우리가 알고 있는 촬영 기
법으로 영화를 제작한다면 정말 놀라운 영화를 만들 수 있
을 거야. 그래서 감독을 잘 뽑아야 하는데 누굴 뽑을 생각
인가?"

"이미 총리대신께서도 알고 계십니다."

"설마 이태성은 아니겠지?"

"맞습니다."

"이태성이 영화를 만들 재주가 되나? 영화를 좋아하는
것이야 알지만······."

대전에서 맹활약했던 항공모함 전단의 참모였다.

환웅함의 통신장이었던 이태성을 감독으로 추천하자 김
인석이 의심하면서 장성호에게 걱정을 드러냈다.

그러자 장성호가 고개를 가로저었다.

"걱정하지 않으셔도 됩니다. 그리고 본 것이 많기 때문

에 그만한 인물도 없습니다. 작전에 나갔을 때는 아니지만 평시엔 엘리트폰으로 선실에서 몰래 영화를 봤다고 합니다. 지금은 항공모함 전단장인 항해장에게도 걸린 적이 있다고 합니다."

"과거 사람들에게 안 들킨 게 용하군."

"그래서 많이 혼났습니다. 그 뒤로 엘리트폰으로 영화를 본 적은 아니지만, 나름 덕후라고 어딘가에 영화를 소중하고 있을 겁니다. 지금은 그가 가진 영화적 지식을 써야 합니다."

장성호의 이야기를 듣고 김인석이 고개를 끄덕였다.

마침 이태성이 조선에 있었다.

"항공모함 전단이 복귀해서 다행이군."

"예. 총리대신."

"불러서 영화 제작에 관한 이야기를 해보게."

"알겠습니다."

만민의 환영을 받으면서 항공모함 전단이 복귀해 있었다.

전단의 장병들은 훈장 수여를 받고 조선의 영웅이 되어 있었다.

그리고 이태성도 마찬가지였다. 그가 부산에서 부름을 받고 한양으로 상경했다.

해군 정복을 입고 왼쪽 가슴에 훈장을 패용했다.

이태성이 장성호에게 경례했고 그와 악수를 나누었다.

"오랜만에 뵙습니다. 특무대신."

"오랜만이군. 역시 몇 살 어리다고 신수가 훤해."

"어려도 내년이면 반 백살입니다."

"굳이 그런 걸 말하지 말게. 슬퍼지니까. 그나저나 가족은 잘 지내고 있나?"

"부산에서 잘 지내고 있습니다."

"자네도 이곳에 와서 가정을 꾸려서 다행이군."

"예. 특무대신. 대신께서도 다른 장병들처럼 가정을 꾸렸으면 합니다."

"나는 됐어. 이렇게 살아야 할 이유가 있으니까. 총리대신도 그렇고."

"예……."

"자넬 한양으로 어째서 불렀는지는 아는가?"

"모릅니다."

"들으면 아마도 깜짝 놀랄 것이네. 일단 안에 들어가서 이야기 하도록 하지. 자네가 많이 도와줘야 하네. 가세."

"예……."

깜짝 놀랄 일이 무엇인지 알 수 없었다.

그저 장성호가 이끄는 대로 문화체육관광부로 향해 대신을 만났다.

그리고 영화 제작을 준비 중이라는 이야기를 들었다.

영상출력기가 개발되고 소리도 나오는 게 가능하다는 소식에 이태성이 놀란 반응을 보였다.

전쟁 영화를 영화관에서 상영하기로 목표를 삼았다는 말에 앉은 자리에서 벌떡 일어났다.

이태성이 그와 이상재에게 물었다.

"정말로 전쟁 영화감독을 제게 맡기신단 말씀입니까?"

장성호가 대답했다.

"자네가 원한다면."

"……."

"군에 입대하기 전에 영화 연출 공부를 하지 않았었나? 그 꿈에 대해서 아쉬움은 없는가?"

입대하기 전에 연극영화과를 전공했다.

영화감독이 꿈이었지만 현실에 부딪혀서 돈을 벌어야 했고 돈을 벌기 위해서 입대한 김에 해군 직업군인으로서의 길을 걸었다.

그리고 환웅함의 통신장을 맡다가 사람들과 함께 과거로 왔다.

미래에 있었던 아쉬움이 남아 있었다.

그중 하나는 꿈을 이루지 못한 아쉬움도 있었다.

영화감독을 맡기겠다는 말에 이태성이 떨리는 목소리로 물었다.

"제가 그걸 감히… 맡을 수 있겠습니까……?"

장성호가 대답했다.

"자네 말고는 생각해본 적이 없어."

"조선에도 영화감독이 많이 있습니다. 영사기로 영화 촬영을……."

"그래서야."

"예……?"

"그 사람들은 자네처럼 영상출력기를 통한 유성영화에
대한 지식이 없어. 오직 자네만이 폐하께서 원하시는 대단
한 영화를 만들 수 있어."

"……."

"블록버스터 전쟁 영화를 말이야. 제주도에 영화 도시도
건설되고, 돈은 폐하께서 얼마든지 주신다고 하시니까 자
네 방식대로 영화를 만들어 보게. 아마도 뛰어난 영화일
테니까. 자네 말고 다른 사람도 있겠지만, 자네만 한 최선
도 없네."

"……."

"맡아 보겠는가?"

장성호가 거듭 이태성을 설득했다.

곁에서 두 사람의 이야기를 듣고 있던 이상재는 그저 이
태성이 천군이 되기 전에 영화 공부를 했다는 정도로만 알
았다.

그리고 천군이기에 영상출력기에 대해서도 알 수 있다고
생각했다.

궁금증이 많았지만 천군은 원래 그런 존재라 생각했다.

고민하던 이태성이 장성호에게 물었다.

"만약… 제가 영화를 만들고자 하면 저의 직책은 어떻게

되는 겁니까?"

"그야, 전역이지 않겠나. 그리고 폐하의 내탕금으로 설립되는 영화사의 사장이자 연출가가 될 것이네. 혹 군대에 말뚝을 박고 싶은가?"

"아닙니다… 갑자기 제게 이런 일이 생겨서… 실감이 안가서 그렇습니다… 잠시 생각 좀 하겠습니다."

하는 걸로 봐서는 맡을 것 같았다.

장성호와 이상재는 이태성이 대답하기를 기다렸다.

잠시 후 이태성이 다시 물었다.

"배경이 세계 대전이라고 말씀하셨습니다. 그 외에 정해진 것이 있습니까?"

"없네. 그러니 자네 뜻대로 영화를 만들면 되네."

"뮌헨 구출작전으로 영화를 제작해도 되겠습니까?"

"뮌헨 구출작전?"

"우리 특임대가 백성들을 구했던 작전을 말입니다."

"아, 얼마든지."

"현실감 넘치는 영화를 만들기 위해서 군부에서 지원을 해주셨으면 합니다."

"어떤 지원을 말인가?"

"전차와 군함, 항공기까지 전부를 말입니다."

"……."

"폭약도 많이 필요합니다."

이태성의 눈빛이 빛나고 있었다.

그리고 의지 가득한 태성의 눈동자를 보면서 장성호는 어떤 영화를 만들려고 하는지 알게 됐다.

크게 웃음을 터트리면서 이상재의 궁금증을 키웠다.

"정말 대작을 만들 모양이로군. 물량공세를 벌이겠다는 것인가?"

"예. 특무대신."

"전차포와 함포로 실사격을 벌이면 정말 볼만하겠군."

"전투기에 촬영기를 들고 타서 촬영할 겁니다. 그리고 뮌헨 구출작전은 미군을 비롯한 협상국의 군대가 함께 도와준 작전입니다. 조선에서 촬영을 주도하고 그들 나라로부터 배우와 장소 지원을 받는다면 해외 촬영을 하고 뛰어난 현실감을 얻을 수 있습니다. 무엇보다 외국 배우가 참여한다면……."

"수출까지 염두에 두겠다는 것인가?"

"우리 영화를 세상에 보여서 감탄시키겠습니다. 차원이 다른 영화를 반드시 보여주겠습니다. 이제부터 영화는 조선 경제에 빼놓을 수 없는 존재가 될 겁니다."

이태성의 다짐에 장성호가 고개를 끄덕였다.

이상재는 두 사람의 생각은 자신의 생각을 뛰어 넘었다고 여겨 놀랐다.

얼떨떨하게 있는 이상재에게 장성호가 말했다.

"문체부대신."

"예……."

"이감독을 잘 지원해주기 바랍니다."

"아… 알겠습니다."

그리고 이태성에게 말했다.

"자네가 한 이야기를 폐하께 말씀드리겠네. 아마도 군부 대신을 통해서 군의 지원이 이뤄지게 될 것이네. 그리고 외부대신을 통해 외국 정부에 지원을 요청해볼 테니, 자네 는 영화 제작에 최선을 다하게. 최고의 작품을 만들어 보 게."

"예. 특무대신."

세상에서 영화를 가장 많이 알고 있는 사람을 감독으로 모시게 됐다.

잊고 있었던 꿈을 새로 펼치기로 했고 이태성은 기쁜 마 음으로 부산으로 돌아갔다.

그리고 그곳에서 전역식을 치렀다.

허윤이 태성의 어깨를 두드렸다.

"이렇게 떠나니 섭섭하군."

"앞으로 볼 일이 많습니다. 전단장님."

"그래. 영화 때문에라도 계속 보게 될 테니 말이야. 준비 가 되면 이야기 하게."

"예."

미리 이야기를 들었었던 허윤이 이태성이 만들어낼 영화 를 기대했다.

그리고 군부에서 영화 촬영을 지원하라는 지시를 받으면

서 조선과 군부를 영화를 통해 세상에 널리 알리고 홍보하고자 했다.

이태성이 전역하고 집으로 돌아갔다. 그리고 가족을 데리고 제주도로 이사했다.

그곳에서 아이들을 키우고, 영화감독이라는 새로운 직업에 전념하기 시작했다.

화물선을 통해서 제주도에 건설 장비들이 도착하고 제주 군청이 위치한 고을 외곽에 영화 촬영을 위한 건물을 짓기 시작했다.

그와 함께 새로운 거주민들을 위한 건물이 지어졌다.

이태성의 집은 군청에서 그리 멀지 않은 목초지에 위치해 있었다.

봄이 되면 벚꽃잎을 흐트러뜨릴 벚나무가 있었고 멀리 뻗은 목초지는 마치 그곳이 만주 벌판인 것처럼 보였다.

그리고 오름이라 불리는 낮은 산과 멀리 고도를 높이는 한라산이 있었다.

절경을 보면서 이태성이 감탄했다.

'제주도가 정말 멋진 곳이기는 하구나.'

마치 일하러 온 것이 아닌, 이사 온 것이 아닌 휴양하러 온 느낌이었다.

그리고 그가 집에서 나올 때 처와 자녀가 나와서 배웅했다.

"조심히 다녀오십시오. 아버지."

"그래. 학교 가면 공부 열심히 하거라."

"예. 아버지."

중학생이 된 두 자녀의 머리를 쓰다듬었다. 그리고 아내에게 다녀오겠다고 말했다.

"다녀오겠소."

"예. 다녀오세요."

1기동함대 사령관인 신순성의 소개를 받아서 혼례를 치른 부인이었다.

자녀와 아내의 인사를 받으면서 이태성이 차를 타고 건설되고 있는 영화사 건물로 향했다.

불도저와 굴삭기가 공사장에서 열심히 움직였고 조선에서 건너온 건설 인부들이 안전모를 쓰고 자재를 나르고 철근을 엮었다.

사이로 콘크리트가 부어졌다.

다른 곳에서는 타워크레인이라 불리는 거중기를 올리고 있었다.

공사장에서 몇 백보 떨어진 곳에 가건물이 있었다.

그곳에서 이태성이 직원들을 모아 전쟁 영화 제작에 힘을 모았다.

문화체육관광부를 통해서 모은 직원들이었다.

한양에서 극단에서 일하거나 영사기로 영화 촬영을 해본 적이 있는 직원이었다.

그들이 앉은 탁자 위로 문서 더미들이 놓였다.

"이게 무엇입니까? 감독님?"

"증언록일세."

"예?"

"뮌헨 구출작전에 참여했던 우리 장병들의 증언 말일세. 그리고 나의 증언도 담겨 있고 말이야. 이걸 토대로 대본을 만들어야 하네."

"설마 저희가 만듭니까?"

"그럴 리가 있겠나. 자네들에겐 이 증언들을 시간별로, 누가, 어떻게, 무엇을 하고, 무엇을 말했는지를 정리해 주게. 대본을 써줄 작가는 내가 알아보겠네."

"알겠습니다. 감독님."

제일 먼저 해야 할 일이었다. 그리고 대본을 써줄 작가를 찾기 위해 애썼다.

대작이 되어야 하고 걸작이 되어야 했기에 열의를 갖고 함부로 글을 써선 안 됐다.

실력이 뛰어난 작가가 필요했다.

이태성이 한양의 총리부로 전화를 걸었다. 그리고 장성호에게 고민을 토로했다.

"대본을 써줄 수 있는 작가가 필요합니다. 그것도 실력이 아주 좋은 작가가 말입니다. 혹, 추천해주실 만한 인물은 없습니까?"

태성의 물음에 장성호가 대답했다.

―한번 알아보고 말해 주겠네.

"예. 특무대신."

그리고 한시간 정도 지났을 무렵이었다. 태성에게 전화가 걸려왔다.

태성이 수화기를 들자 안에서 장성호의 목소리가 울려 퍼졌다.

—박열은 어떠한가?

"박열이라고요?"

—그래.

"누굽니까? 그 사람은?"

—일제강점기 시절에 3.1 운동을 벌였다가 고등학교에서 퇴학당했던 시인일세. 관동대지진 후에는 불안정해진 민심을 돌리려고 일본 정부가 천황 암살시도를 벌인 범임으로 모함했고 말이야. 그리고 지금은 성균관 국문과에 합격해 내년부터 학생이 되네. 인물 됨됨이는 확실하니, 그에게 맡겨 보게.

"상당히 거물이군요."

—그런 셈이지.

"제가 감독이니 직접 만나서 이야기해보겠습니다. 주소를 알려 주십시오."

—알겠네.

*　　*　　*

독립운동을 벌이면서 문학적 재능을 함께 가진 사람이 있었다.

그리고 이제는 조선 최고 대학교에 입교하려고 했다.

'박열'이라 불리는 예비 대학생의 신원 정보를 받고 그가 초명인 '준식'이라는 이름을 쓰고 있다는 것을 알게 됐다.

박열은 일본이 조선을 강점한 후에 그 스스로가 지은 이름이었다.

때문에 여전히 준식이라는 이름을 가지고 있었다.

박준식을 보기 위해 이태성은 그가 살고 있는 상주로 향해 그의 어머니와 형제들을 향해서 목례로 인사를 했다.

그리고 방 안에서 박열과 마주 앉았다.

태성이 명함을 주면서 자신을 소개했다.

자신이 발해영화사 사장이라는 것을 알리고 신작 영화의 감독이라는 사실을 알렸다.

또한 발해영화사가 황제가 자금을 투자한 회사라는 것을 알렸다.

각본 제의를 받은 준식이 얼떨떨했다.

준식의 어머니가 기뻐하면서 일을 해보라고 권유했다.

"이건 기회다, 준식아. 한번 해보렴."

형제들도 입을 모아서 영화 대본을 써보라고 말했다.

준식이 떨리는 목소리로 태성에게 물었다.

"만약 제가 이걸 쓰게 되면 내년에 대학교는……."

어머니의 뒷바라지를 수포로 만들기 싫었다.

그런 준식의 마음을 태성이 헤아렸다.

"내가 말해보겠네. 그리고 대학교라는 것도 학문을 공부하기 위해서 가는 곳이지 않는가? 만약 자네가 성균관에서 배울 필요가 없을 정도로 출중하다면, 오히려 자네의 경력으로 졸업장을 따게 될 것이네. 그런 절차가 만들어질 것이니 걱정하지 말게. 그저 나라와 백성을 지킨 조선군의 위대한 이야기를 세상에 알려 주게."

"……."

"어떻게, 해보겠는가?"

태성의 제안에 준식이 고개를 끄덕였다.

"해보겠습니다."

준식에게 태성이 손을 내밀었다.

"그러면 자네만 믿겠네. 내일 짐을 싸서 관청에 가면, 제주도로 향하는 모든 교통을 마련해 줄 것이네. 제주도에서 보세."

"예. 사장님."

조선에 수많은 문학가가 있었다.

깊이 있는 문장으로 과거에 급제하는 선비들도 있었지만 백성들이 좋아할 만한 이야기로 부와 명예를 얻는 동시에 얻는 경우는 없었다.

근근이 밥벌이를 하는 것이 글쟁이로서의 운명이었다.

때문에 글쓰기로 할 수 있는 최고의 목표는 성균관에 입교하는 것이 전부였고, 준식의 어머니와 형제들이 그것을 기대하고 있었다.

그러나 황제의 자본이 투자 된 영화사에서 일하는 것은 정말 무엇과도 비교할 수 없는 큰 기회였다.

이태성이 그의 집에서 떠난 뒤 준식이 어머니와 형제들을 안고 엉엉 울었다.

그가 어머니에게 약속했다.

"어머니! 꼭 호강시켜 드릴게요!"

"그래…! 준식아……!"

집에서 울려 퍼지는 소리를 멀리서 듣고 이태성이 피식 웃었다.

그리고 숙소에서 전화기로 한양에 전화를 걸었다.

태성이 이상재와 연락하면서 영화 제작이 어느 정도로 진척되고 있는지를 수시로 알려줬다.

그것에 관한 소식을 장성호가 보고 받았다.

영화 산업 육성에 조선의 국력이 투입되었다.

중대한 일이었기에 김인석도 신경 쓸 수밖에 없었다.

총리부에서 두 사람이 이야기를 나눴다.

"각본가는 영입했고, 그러면 또 뭐가 남았지?"

"동서양의 음악을 전공한 사람들을 영입한다고 합니다."

"영화 배경음악을 만들기 위해서 말인가?"

"예. 총리대신. 그리고 음향 효과를 위해 물건으로 소리 흉내를 잘 낼 수 있는 사람들도 찾고, 의상제작자에 재능

152

을 가진 사람들을 찾는다 합니다. 문화체육관광부를 통해서 카메라 제작 회사와 각종 설비 제작 회사를 알아보고 있습니다. 물론 조선 안에서 말입니다. 원활한 영화 제작을 위해서 제주도로 회사를 이전시키는 권유도 벌이고 있습니다."

"한번 구축이 되면 그걸로 다른 영화를 제작하는 데에 쓰겠군."

"그래서 할리우드와 같은 영화 도시를 만든 겁니다. 영화를 만들 때 필요한 모든 것이 있기에 일단 도시가 건설되면 그 안에서 모든 걸 해결할 수 있습니다. 그런 영화 도시를 제주도에 건설하는 겁니다."

"그 모든 걸 구축하고 나면 남은 것은 배우들을 구하는 것인가?"

"시험을 치를 거라고 합니다. 극단에서 일하는 사람들, 거리의 광대까지, 연기에 꿈을 가진 모든 사람들을 모아놓고 배역을 정할 거라고 합니다. 실제 인물들과 비슷한 외모를 가진 배우를 뽑길 원한다고 합니다. 배우들을 뽑으면 곧바로 촬영을 시작할 거라고 합니다."

"정말 기대되는군."

"저도 정말 기대가 됩니다. 총리대신."

커피를 마시면서 이태성이 만들어낼 영화에 대해서 기대했다.

모든 것이 술술 풀리는 듯했다.

그리고 외부를 통해서 외국 정부에 문의했던 것에 대한 답변이 전해졌다.

미국 공사관으로부터 영화 촬영에 협조하겠다는 공문이 전해졌다.

"미국에서 영화 촬영에 협조해주겠다고 합니다."

"그래야지. 자기들도 우리들과 함께 싸워 이긴 전승국이니 말이야. 프랑스와 영국에서도 답변이 도착했는가?"

"협조는 해주겠다고 합니다. 장소 제공 정도는 해줄 수 있다고 합니다. 아무래도 우리가 어떻게 촬영하는지 궁금해 하는 모양입니다."

배우 지원과 장소 제공에 대한 약속을 받고 흐뭇하게 미소를 지었다.

그러나 그 미소는 이내 함께 들어온 소식으로 인해서 지워졌다.

세계 대전은 끝났지만 분쟁과 내전은 아직 끝나지 않았다.

"러시아 차르가 처형당했군……."

보고문을 받은 김인석이 미간을 좁혔다.

그와 장성호는 러시아에서 벌어지고 있는 내전의 결과를 이미 알고 있었다.

레닌의 볼셰비키와 차르 복위를 꾀하는 구 러시아 제국군 사이에서 전투가 벌어지고 있었다.

양군은 적군과 백군이라 불렸기에 그 내전을 적백내전이

라 불리고 있었다.

러시아의 내전에 유럽의 여러 나라들이 관여했다.

"차르 복위를 꾀하는 구 러시아 제국군인 백군이 승기를 잡아서 볼셰비키의 적군이 처형시킨 겁니다. 백군이 니콜라이 2세를 구하면 적군은 반란군이 됩니다."

"반란군이 된다 하더라도 러시아 국민이 볼셰비키를 따르면 소용없는 일이지."

"맞습니다."

"영국이나 프랑스 입장에서는 공산 혁명이라는 미명 하에 권력층에 대한 처단을 목표로 하는 볼셰비키를 어떤 식으로든지 막아야 해. 그래서 무기를 지원하고 폴란드를 부추겨서 볼셰비키를 공격하지만 결국 실패하겠지."

"당장 전쟁을 선포해서 쳐야 되지만 유럽의 모든 사람들이 전쟁에 대한 두려움을 안고 있습니다. 그래서 궁여지책으로 지원하는 겁니다."

"우리가 생각하는 대로 흘러가는군. 폴란드의 침공을 막아내면서 볼셰비키는 러시아 국민의 영웅 집단으로 받들어질 테고, 전선에 있었던 지휘관들은 레닌에 대한 부정적인 시선을 거두고 볼셰비키에 합류하겠지. 그리고 결국……"

"그들 지휘관들의 능력을 더해서 징집으로 500만 대군을 확보한 볼셰비키가 이길 겁니다. 백군은 민족도 제각각이고 지휘 체계도 흩어져 있으니 말입니다. 러시아 국민이 볼셰비키에 힘을 더하고 있어서 레닌을 죽여도 그를 대신할 자는 얼마든지 나옵니다. 트로츠키와 스탈린을 죽여도 말입니다. 그들을 죽이는 것이 해결책이 될 땐 그릇된 평등주의가 어떤 참사를 일어나게 만드는지 세상에 증명됐을 때입니다. 그때까지 우리는 절대 개입하지 말아야 합니다.”

“그래서 문화 산업 육성이 중요하겠지.”

“영화뿐만이 아니라, 음악, TV쇼를 포함해서 전 부분에서 앞서 나갈 겁니다. 그리고 정의가 무엇인지를 세상 사람들이 알게 모르게 익히도록 만들어야 합니다. 지금은 문화 산업 육성에 집중해야 할 때입니다.”

고개를 끄덕이면서 김인석이 말했다.

“그래도 할 말은 해야겠지. 외부를 통해서 공산주의가 두렵다면 미리 부익부 빈익빈을 해결하라고 전할 것이네. 그리고 국제 연합 창설에 대해서 다시 논의해봐야겠지.”

“식민지를 포기 못해서 지지부진합니다. 제 생각엔 차라리 없던 것으로 하는 게 나을 것 같습니다.”

“국제연합을 없앤다면 더 나은 국제기구가 있겠는가?”

“이미 있습니다.”

“어떤 기구가 말인가?”

“동아시아 태평양 조약입니다. 이 안에 국제 연합을 대신하는 모든 것이 있습니다. 그리고 강대국의 논리로 기구를 주무를 수도 없습니다. 우리가 역사를 따라가는 것이 아니라 역사를 만들 것입니다."

국제 연합 창설을 포기하자는 장성호의 말에 김인석의 귀가 솔깃했다.

그리고 그것의 대안이 이미 만들어져 있었다.

9할 이상의 결정이 내려져 있었다.

"유과장에게 이야기해보고 결정하세."

"예. 총리대신."

성한에게 연락해서 국제 연합 창설을 중단하는 것에 대해서 이야기했다.

그리고 대안이 있다는 사실에 긍정적인 대답을 얻었다.

표본을 만들고 세상이 그것을 따라가도록 만들고자 했다.

이후로 국제 연합에 관한 이야기가 국제회의에서 자취를 감췄다.

대신 러시아에서 일어난 공산혁명이 번지는 것을 막기 위해 치열한 논의가 펼쳐졌다.

그 논의에서 조선 외교관들은 유럽에서 부익부 빈익빈이 해결 되고 빈민에 대한 멸시와 식민에 대한 차별이 반드시 지워져야 한다고 주장했다.

가진 자들의 오만함이 재앙을 부른다고 주장했다.

그리고 그것을 들은 제국주의자들은 크게 반발할 수밖에 없었다.

내정간섭처럼 여겨졌지만 나은 미래를 위해서 어쩔 수

없는 일이었다.

그리고 각국은 저마다의 사정에 따라서 길을 걷기 시작했다.

조선은 영화 산업을 육성하는 것이 길이었다.

그것을 통해 대업을 이루고 대의와 정의를 바로 세우려고 했다.

영화 제작을 위해 많은 것들이 준비되었다.

한 천출의 생이 바뀌고 있었다.

＊　＊　＊

신문에 광고가 실렸다.

"배우 모집?"

"배우? 무슨 배우를 말하는 거야?"

"황제 폐하께서 영화사를 설립하셨다는데? 뮌헨 구출작전을 내용으로 영화를 제작한다고 쓰여 있어. 시험으로 면접을 치르고 배역을 정할 건가봐."

"그러면 극단에서 일하는 배우들이 면접을 보는 건가?"

"아무래도 그렇겠지?"

"말이 좋아서 배우지, 옛날에는 광대로 불렸잖아. 자고로 광대는 천출이 하는 일이었는데 세상이 변하기는 변했어. 폐하께서 영화를 만들겠다 하시고 말이야. 천출이 출세했어."

어느 상황에서건 좋은 일을 비꼬는 부정적인 사람이 있
긴 마련이었다.

배우를 천출이라 비하하는 사람에게 그의 친구가 아니라
고 말했다.

배우에 대한 조선 백성들의 인식은 그리 나쁘지 않았다.

"예전에는 천출로 여겨졌겠지만, 지금은 아니야. 필름으
로 영화를 촬영해서 영사기로 극장에서 상영하고 사람들
이 재밌게 보고 있으니까. 그리고 양반이었던 사람들도 즐
겁게 보고 있어. 내 생각엔 배우라는 직업은 앞으로 비상
하게 될 거야."

혜안이 있는 백성들이 있었다.

그들은 배우라는 직업이 앞으로 꿈이 있는 사람들에게
각광 받는 직업이 될 거라고 생각했다.

그리고 그 변화는 이미 이뤄지고 있었다.

명동 인근에 극단이 생겨나고 그곳에서 광대였었던 사람
들, 혹은 양반이었던 사람들이 배우가 되어서 사람들을 즐
겁게 하고 있었다.

무대 아래 의자에 앉은 사람들이 키득거리면서 웃었다.

춘향전 공연을 마친 배우들이 인사하고 관객들과 손을
잡으면서 환하게 웃었다.

그때 이몽룡을 맡았던 배우가 여자 관객들로부터 서명
요청을 받았다.

"서명해주실 수 있나요?"

"물론입니다."

"여기, 손수건에 부탁드려요."

"예. 서명을 위해서 이름을 알려주십시오."

"네……."

잘생긴 주연 배우의 미소에 사인을 받는 여자 관객의 무릎이 풀릴 뻔했다.

얼굴을 붉히고 떨리는 마음으로 손수건을 돌려받기를 기다렸다.

그리고 손수건을 돌려받을 때 그녀의 손끝과 주인공 배우의 손이 스쳤다.

손끝에서 짜릿함이 일어났다.

"읏!"

"어디, 아프신 가요?"

"아…아니에요… 감사해요."

"다음 공연 때도 볼 수 있기를 바랍니다."

"네… 꼭 올게요……."

뒤에서 여자 관객들이 아우성치고 있었다.

그들은 자신의 차례라고 남자 배우에게 열심히 주장했다.

남자 배우가 순서를 지켜달라고 말하면서 다시 미소를 날리자 그를 둘러싼 여자 관객들 사이에서 실신이 일어나고 게거품을 무는 일까지 벌어졌다.

그의 말 한마디에 여심이 녹아내렸다.

그 모습을 극단의 단원들이 지켜보고 있었다.

선배들이 씁쓸한 미소를 드러냈다.

"역시, 주인공은 잘생긴 게 최고야."

"연기 실력은 둘째치고 김우성 저놈 덕분에 우리 극단이 계속 흥하잖아. 단장님께서 주연을 맡기신 이유를 몰랐는데 이제 알 것 같아."

"우성이가 덕분에 여자 관객들만큼은 반드시 챙길 수 있어."

"저놈이 우리 밥줄이야."

"맞아."

주인공을 맡은 배우의 이름은 김우성이었다.

그는 조부와 아버지가 양반이었기에 유복한 가정에서 부족함 없이 커왔던 사내였다.

그리고 극단에 입단하기 전에 종로에서 화려한 전적을 세웠던 인물이었다.

여인들의 마음을 훔치는 그 실력이 한양 밖까지 널리 알려진 인물이었다.

그런 김우성을 그의 종살이를 했던 청년이 뒤에서 지켜봤다.

그의 이름은 '김종덕'이었다.

그는 부러운 눈빛으로 김우성을 우러러보고 있었다.

마음속에 간절함 바람을 품고 있었다.

'나도 저 무대에 서봤으면…….'

신분제가 폐지됐음에도 어릴 때부터 김우성을 도련님이라고 불렀다.

나중에 지나서는 친구 아닌 친구가 되면서 김우성을 따르며 뒷바라지를 했다.

그래야 어머니가 우성의 어머니로부터 돈을 빌릴 수 있었다.

집이 어려워서 돈 빌릴 곳이 없을 때 유일하게 도와준 것이 그나마 어머니가 주인으로 모셨던 가문의 사람이었다.

비록 이자를 많이 거둬갔지만 어쩔 수 없었다.

무대 뒤편에서 언젠가 그 위에 설 수 있기를 소망했다.

그래야 할아버지와 아버지에게 씌워졌던 광대 천출로서의 삶의 굴레를 벗어던질 수 있었다.

광대가 아닌 배우로 불리고 싶었다.

공연이 끝나고 자정 가까이가 되었을 때, 모든 단원들이 숙소에서 잠을 청하던 순간, 어둠에 잠겨 있어야 할 공연장이 환히 밝혀졌다.

그리고 발소리가 울려 퍼졌다.

무대 위로 올라간 종덕이 주위를 돌아보고 눈을 감았다.

앞에 관객이 자신을 보고 있다고 생각했다.

"죄인 변학도는 들으라! 죄인은 백성들의 양곡을 수탈하고! 아녀자들에게 함부로 수청을 요구했으니! 네놈이 스스로를 왕으로 여기지 않고 어찌 그런 만행을 벌일 수 있겠는가! 본디 현감은 어명을 받아 백성에게 선정을 베풀고, 잘……!"

이몽룡이 되어 자신이 기억하는 대사를 읊었다.

그 대사를 모두 읊기 전이었다.

공연장의 문이 열리면서 단원들이 들어왔다. 그중에 김우성도 있었다.

"야! 종덕!"

"……!"

"개자식이 어디 감히 신성한 무대 위에 올라?! 앙?! 빨리 안 내려와?!"

우성이 종덕의 부모를 모욕했다.

부모에 대한 욕을 들었지만 종덕은 화를 내기보다 겁에 질려서 무대 뒤에 숨으려고 했다.

그러나 소용이 없었다. 이미 그가 무대에서 연습했던 것이 탄로 난 상태였다.

무대 위로 올라온 우성이 종덕에게 와서 뺨을 날렸다.

쫙!

"……?!"

놀란 종덕을 향해 우성이 목소리를 높이면서 호통을 치기 시작했다.

"니가 배우야?"

"…… ."

"배우냐고?! 무대 뒤에서 잡일이나 하는 놈이 무슨 연습이야?! 앙?!"

우성의 호통에 종덕은 아무 말도 할 수 없었다.

그저 멱살이 잡힌 채로 두려움에 떨었다.

그때 소란에 잠을 깬 단장이 공연장 안으로 들어왔다.

종덕과 우성을 쳐다보고 주위에 있던 동기 단원들을 봤
다.

단장을 본 우성이 멱살을 놓고 허릴 굽히며 인사했다. 그
리고 단장이 물었다.

"밤에 공연장에서 대체 무슨 짓이지?"

우성이 대답했다.

"종덕 놈이 무대 위에서 연습했습니다."

"연습?"

"예. 단장님."

단장이 종덕에게 물었다.

"사실이냐?"

"예……."

"어째서 연습한 거지?"

"그게……."

우성이 종덕을 모함했다.

"저의 배역을 빼앗고 싶었다 합니다."

"아닙니다!"

"아니긴, 뭐가 아냐? 그러려고 연습한 거잖아! 그렇지
않으면 어째서 이몽룡의 대사로 연습한 거야?!"

단장이 다른 단원들에게 물었다.

"사실인가?"

"예. 단장님."

대답을 듣고 종덕을 노려봤다.

그리고 우성이 비웃으면서 바람 스치듯이 작은 목소리로 말했다.

그가 종덕을 손아귀에 넣고서 놀고 있었다.

"퇴단하겠다고 말해. 그러면 내가 막아줄 테니까."

"……."

"앞으로 무대에 서지 않는다면 극단에 남을 수 있도록 도와주지. 어서."

뺨을 때리고 오히려 용서해주겠다는 우성의 말이 그토록 소름끼칠 수가 없었다.

우성의 아버지가 극단을 소유하고 있었다.

그리고 단장은 무대가 신성하든 신성하지 않든 우성의 말을 들어야 했다.

그가 일개 단원이더라도 그 말을 들을 수밖에 없었다.

곧 자신의 원하는 대로 종덕이 퇴단하겠다고 말할 것이라 생각했다.

그런 우성 앞에서 종덕이 오기를 부리고 용기를 냈다.

더 이상 꿈 앞에서 거짓말을 하고 싶지 않았다.

"이몽룡의 대사로 연습한 것은 가장 기억에 남는 대사이기 때문입니다… 극장에서 뒷정리만 2년이 넘었습니다… 단역이라도 맡아서 무대 위에 서보고 싶습니다… 연기를 하고 싶습니다… 단장님…….”

“…….”

대답을 듣고 우성의 표정이 일그러졌다.

그리고 우성과 종덕의 얼굴을 번갈아보던 단장은 종덕의 상황이 안타까우면서도 자신의 살 길을 찾았다.

극단에서 종덕을 내쫓을 수밖에 없다.

“종덕.”

“예. 단장님…….”

“연기 연습을 무대 아래에서 해도 되는데 굳이 위에서 한 이유를 찾기 어렵다. 그리고 이몽룡 역으로 대사 연습을 하다니… 널 극단 규칙 위반으로 퇴단시키겠다.”

“예……?”

“내일부터 극단에 나오지 마. 올 필요가 없으니까.”

“……!”

차가운 목소리로 다른 단원들에게 말했다.

“저놈을 당장 극단 밖으로 쫓아내.”

“예! 단장님!”

강제로 끌려 나가면서 종덕이 울부짖었다.

“단장님! 죄송합니다! 다시는 무대에 서지 않겠습니다! 그러니까!”

“시끄러워!”

“단장님!”

동기 단원의 타박을 받으면서 종덕이 발버둥 치면서 용

서를 구했다.

그러나 그는 끝내 극단 밖으로 내쫓겼다.

끌려 나가는 종덕을 보면서 우성이 중얼거렸다.

"병신자식……."

한쪽 입 꼬리를 당기면서 종덕의 삶을 비웃었다.

내쫓긴 종덕은 다시 극단에 들어가려고 문을 두드렸지만 열리지 않았다.

그 자리에서 주저앉았다.

"어떻게 이런 일이……."

모든 것을 잃었다.

꿈을 가지고 그것을 소망했다는 죄로 모든 인생의 모든 목표가 지워지게 됐다.

차가운 밤공기가 뼛속까지 스며들었고 고개를 들 수 없을 정도로 치욕감과 모멸감이 밀려들었다.

집을 떠나기 전에 어머니에게 했던 말이 기억났다.

'어머니, 배우가 되어서 꼭 호강시켜 드릴게요. 그때까지 건강하셔야 돼요.'

'그래. 종덕아.'

우성의 집에서 일하는 어머니의 모습이 그려지면서 분노가 치밀어 올랐다.

그리고 세상을 상대로 억울하다는 생각이 들었다.

하염없이 눈물을 흘렸고 혹시라도 문이 열릴까 하며 극단의 문 앞을 지켰다.

그렇게 이슬이 내려앉는 새벽을 맞이했다.

새벽 신문을 배달하는 사람들 중 한 사람이 종덕 앞에서 신문을 떨어트렸다.

그로 인해 종덕이 잠에서 깼다.

"미안하오."

남자가 종덕을 흘겨보면서 신문을 주웠다.

부랑자는 아닌 것 같다고 생각했다.

그런데 극단 문 앞에서 어째서 쪼그리고 앉아 있나 의문을 품으면서 신문을 다시 가방 안에 넣으려고 했다.

그때 신문 전면 아래에 쓰인 광고가 종덕의 눈에 들어왔다.

그의 잠이 달아났다.

"자…잠깐만요."

"……?"

가방으로 들어가던 신문을 붙잡고 배달부가 보는 앞에서 전면을 펼쳤다.

너무나도 기가 막힌 일이라 배달부는 황당함을 느꼈다.

배달부는 종덕이 광고를 살피는 신문을 조심스럽게 잡고 그가 놀라지 않도록 말했다.

고객에게 가야 할 신문을 소중하게 여겼다.

"보려면 돈 내고 보시오."

"아."

"살 거요?"

"아…아닙니다."

"그럼, 주시오."

"……."

손에 들고 있던 신문을 배달부에게 돌려줬다.

조금 화가 난 배달부는 인상을 쓰면서 신문을 곱게 접어 가방 안에 넣었다.

그리고 기운 빠져 있는 종덕을 내려다봤다.

잠시 그를 보고 있다가 말을 걸었다.

"혹시, 여기 극단의 단원이오?"

"예… 하지만 지금은 아닙니다……."

"무슨 뜻이오?"

"어제… 무대 위에서 연기 연습하다가 쫓겨났어요. 그래서……."

사연을 듣고 배달부가 어처구니없어하는 표정을 지었다.

"아니, 무대 위에서 연기 연습을 하는데 쫓아내? 그런 경우도 있소?"

"우리 극단의 규칙이에요……."

"그딴 규칙은 씹어 먹어도 괜찮소. 연극단원이 공연을 위해서 매사 연습해야 하는 것이 당연한데 무대 위에서 연습했다고 쫓아내다니. 내가 볼 때는 극단에서 잘못했소. 차라리 다른 극단을 알아보시오."

종덕을 신문배달부가 위로했다.

그리고 다른 극단에 가보라는 말에 종덕이 씁쓸한 미소를 지었다.

생각보다 극단의 세계는 매우 좁았다.

"아마 제 이야기가 다른 극단에도 알려졌을 거예요. 그리고 무엇보다 절 쫓아내게 만든 사람이 제 어머니께서 주인으로 모셨던 분의 자제예요. 그래서……."

"설마 양반 출신이라고 패악질을 부린 건가?"

"……."

"아직도 그런 인간이 있다니, 기막히는군! 설마 그 자제도 여기 극단의 단원이오?"

"예."

"양반의 자제가 미천한 직업으로 여겨지는 광대놀음을 하다니… 아, 댁을 욕하려고 하는 말은 아니오. 옛날에 그랬는데 양반가의 자제가 극단의 단원이라고 해서 신기해서 그렇소. 그래서 그 자제는 연기를 잘하오?"

"……."

"함부로 말 할 수 없는 건가? 그러면 그자보다 연기를 잘할 자신은 있소?"

말을 아끼는 종덕을 상대로 신문배달부가 다시 물었다.

김우성보다 연기를 잘하냐는 물음에 종덕이 잠시 생각하다가 자신 있게 대답했다.

"예. 자신 있습니다."

대답을 듣고 신문배달부가 미소 지었다.

"눈빛이 좋구려. 신문을 줄 테니 안의 광고를 다시 살펴보시오. 황제 폐하께서 영화사를 설립하셨다고 하는데 영화 제작을 위해서 배우를 모집하고 있다고 하오. 읽어 보시오."

"저… 신문 값은……."

"외상이오. 혹시 대배우가 되면 서명이나 해주고, 가능하면 술이나 사 주시오. 그땐 댁의 성공을 축하하는 것이 될 테니. 그때가 되면 내가 찾아가겠소."

"감사합니다……."

"꼭 성공하시오."

"예! 어르신!"

새로운 길을 듣게 되자 종덕의 눈이 반짝반짝 빛났다.

그 눈빛을 기억하면서 신문배달부가 피식 웃었다.

그리고 종덕의 얼굴을 보면서 드는 생각이 있었다.

'안중근 장군을 많이 닮았군!'

온 나라가 알아보는 영웅을 닮았다고 생각했다.

그리고 신문을 배달하기 위해 바쁘게 걷기 시작했다.

종덕은 신문의 광고를 살폈고 곧 배우 선발을 위한 시험이 있을 것이라는 것을 보게 됐다.

시험 자격은 연기학교나 극단에 속했던 적이 있거나, 영화에 출연한 적이 있어야 시험을 치를 수 있었다.

그는 극단에 속했던 자격을 갖추고 있었다.

접은 신문을 챙겨서 자리에서 일어났다.

그리고 온갖 애증이 섞인 시선으로 극단의 문을 보고 돌아섰다.

미련 없는 발걸음을 하며 제주도로 향했다.

그곳에서 여태 생각해본 적 없는 꿈과 소망을 품기 시작했다.

대작 영화를 찍다

"198번 면접생."

"예!"

"안으로 들어오십시오."

발해영화사 관계자가 의자에 줄지어 앉아 있는 면접생들에게 말했다.

그중 198번이라는 번호표를 가슴에 단 면접생이 떨리는 마음으로 면접실 안으로 들어갔다.

안에는 면접관들이 책상 앞에 앉아 있었다. 그중 한 사람은 이태성이었다.

면접생의 얼굴을 보고 이태성이 속으로 감탄했다.

'오? 잘생겼는데? 면접생 중에서 외모가 최고로군!'

남자답게 생겼다. 그리고 서양인처럼 생겨서 여자들이 많이 좋아할 것 같은 외모였다.

태성이 직접 면접을 진했다.

"이름이 김우성인가요?"

"예!"

"그렇게 크게 대답하지 않아도 돼요. 편하게 대답하세요."

"예."

"평소 잘생겼다는 이야기 많이 듣죠?"

외모에 대해서 태성이 물었고 우성이 자신 있게 대답했다.

"그런 이야기를 많이 듣습니다."

"솔직해서 좋군. 명동의 극단에서 연극 공연을 했다던데 맞습니까?"

"춘향전의 주인공인 이몽룡 역을 했습니다."

"한번 보여줄 수 있습니까?"

"예! 사장님!"

어떤 식으로 연기하는지 보고자 했다.

태성의 물음에 우성이 일어나서 관객들에게 보여줬던 연기 실력을 드러내기 시작했다.

"죄인 변학도는 들으라. 죄인은 백성들의 양곡을 수탈하고. 아녀자들에게 함부로 수청을 요구했으니. 네놈이 스

176

스로를 왕으로 여기지 않고 어찌 그런 만행을 벌일 수 있겠는가. 본디 현감은 어명을 받아…….”

우성의 연기를 지켜보다가 태성이 손을 들었다.

“그만.”

“…….”

“이몽룡이라고 했죠?

“예.”

“혹시 이몽룡을 연기하는 데에 있어서 뭐라고 하는 사람은 없었나요?”

질문의 의도가 이해되지 않았다.

만인이 그 의미를 아는 가운데 오직 우성만이 그 의미를 알 수 없었다.

그저 자신 있게 태성의 질문에 대답했다.

“없었습니다.”

“그렇군요. 혹시 극단으로 돌아가게 되면 조언을 구해보세요. 지금처럼 솔직하게 이야기하면 누구든지 조언을 해줄 거예요. 그리고 조언을 잘 새겨들으세요.”

“……?”

이상한 분위기를 감지했다. 그리고 그 느낌은 이내 불길함으로 변했다.

어쩌면 영화에서 배역을 따낼 수 없을 것 같은 느낌을 받았다.

“저… 혹시… 영화 배역을 맡기에 제 실력이 부족한 가요?"

태성에게 솔직하게 물었다.

그리고 직원이 면접이 끝났다고 말하려 할 때 태성이 팔을 들면서 제지하고 대답해줬다.

솔직한 물음에 솔직히 대답했다.

"성춘향이 이몽룡과 혼인을 약속했던 사이 아닌가요?"

"맞습니다."

"그렇다면, 처가 될 사람을 변학도가 희롱하고 고문까지 가한 셈인데, 그렇게 설명하듯이 대사를 읊으면서 연기를 해도 되겠습니까? 제가 볼 때는 변학도의 가죽을 벗겨서 죽여도 시원찮을 것 같은데요. 그런 감정으로 이몽룡이 변학도에게 죄를 묻지 않았겠습니까?"

"……."

"제 생각에 동의하십니까?"

태성의 주장을 반박할 수 없었다. 우성이 인상을 찌푸리면서 표정 관리에 실패했다.

"그런 것 같습니다……."

"저만의 생각일 수도 있습니다. 하지만 돌아가게 되면 꼭 단원들에게 물어보기 바랍니다."

"예……."

"이만, 나가보세요."

배역을 맡을 수 있는지에 대한 대답을 듣지 못했다. 그러나 물어보나 마나였다.

면접실에서 나가는 김우성의 얼굴이 무척 험악했다.

그리고 그 얼굴을 본 남아 있던 면접생들은 그가 인격모독에 가까운 말이라도 들었는가 하면서 면접을 두려워했다.

면접에 쓰이는 건물 복도를 걸으면서 우성이 생각했다.

'누가 누굴 가르쳐?! 그리고 실력이 부족하면 내게 가르쳐주면 되잖아! 나만큼 잘생긴 사람이 어디에 있다고!'

귀로 들었던 태성의 가르침을 분노와 함께 입으로 토해내면서 날려버렸다.

그리고 기다리는 면접생들을 흘겨보면서 성큼성큼 걸었다.

그때 그의 눈에 익은 사람이 보였다.

무시하고 걸으려다가 무의식적으로 눈동자가 돌아갔다.

종덕이 면접을 보려고 기다리고 있었다.

"김종덕?"

"도련님……?"

"네가 어떻게……."

서로를 보면서도 믿어지지 않았다. 때문에 잠깐 동안 환영을 보는 것 같은 착각을 받았다.

그리고 이내 서로가 어째서 그곳에 있는지를 알았다.

"설마… 면접시험을 보러 온 거야?"

종덕이 대답했다.

"예……."

"웃기지도 않는군. 네가 감히 영화배우가 될 거라고?"

"될 겁니다. 반드시 말입니다. 배우가 되어서 사람들에게 저의 연기를 보일 겁니다."

"……."

뺨을 맞은 것에 대해서 우성을 상대로 똑같은 복수를 하고 싶지 않았다.

무대 위에 설 수 없는 자신이 당당히 무대 위에 서서 공연을 보이는 게 우성을 향한 최고의 복수였다.

그리고 영화배우가 되는 것은 그러한 일의 정점이었다.

종덕의 강렬한 눈빛을 보고 우성이 한번 더 얼굴을 찌푸렸다.

결연한 종덕의 얼굴을 주먹으로 때려서 망가뜨리고 싶었다. 그러나 보는 사람들이 많았다.

"버러지만도 못한 놈조차 면접을 볼 수 있다면, 여기서 만들어지는 영화가 어떤 수준인지 알겠어. 어디, 잘해봐."

종덕의 도전을 비하하면서 마음속으로 개봉될 영화에 대해 저주를 퍼부었다.

그런 우성의 비난에 종덕은 대꾸하지 않았다.

그저 면접을 준비하면서 영화배우로 뽑힐 수 있기를 기도했다.

심기일전하면서 머릿속에서 상상의 나래를 펼쳤다.

그러던 중 가슴에 단 이름표의 번호 소리를 들었다.

"217번 면접생."

"예!"

"안으로 들어오세요."

면접실로 들어가서 시험을 주관하는 면접관들을 만났다.

면접관들이 그를 보자마자 탄성을 내질렀다.

"와!"

"정말 닮았는데?"

"……?"

종덕은 면접관들이 자신을 보자마자 어째서 놀라는지 이해되지 않았다.

종덕을 보면서 태성이 환하게 웃었다.

그 웃음의 의미를 종덕은 전혀 알 수가 없었다.

기대와 걱정이 함께 들었다.

"조금 꾸미기만 하면 젊은 시절의 그분이야."

"외모는 맞는데 연기력은 어느 정도일지……."

"연기력만 좋으면 딱인데……."

면접관들의 이야기가 새어서 들리고 있었다.

종덕은 직원의 도움을 받아서 의자 위에 앉았다.

그를 보면서 웃던 이태성이 접수서를 확인하고 이름을 물었다.

"성이 김씨에 이름은 종덕입니까?"

"예……."

"얼마 전까지 명동의 극단에 있었군요. 지금은 아니고 말입니다. 맞습니까?"

"예."

"혹시 김우성이라는 이름을 가진 면접생을 압니까?"

"압니다. 같은 극단이었습니다."

"같은 극단인데 한명은 주인공 역할을 맡았고 한명은 극단에 속하지 않은 상태에서 면접을 보다니… 뭐, 좋습니다. 실력을 보도록 하죠. 제 앞에서 자신 있는 연기를 보여주길 바랍니다. 지금 바로 보여주세요."

"예. 면접관님."

자신 있게 연기를 보여 달라는 말에 종덕이 심호흡을 했다.

종덕은 떨리는 마음을 진정시키고 자신이 기억하는 한 인물의 감정을 떠올리면서 자신의 생각과 마음을 그 인물에 일치시켰다.

그리고 연기를 시작했다.

"죄인 변학도는 들으라! 죄인은 백성들의 양곡을 수탈하고! 아녀자들에게 함부로 수청을 요구했으니! 네놈이 스스로를 왕으로 여기지 않고 어찌 그런 만행을 벌일 수 있겠는가! 본디 현감은 어명을 받아 백성에게 선정을 베풀고, 잘 다스려야 한다! 그런데 네놈이 전하의 어명을 어긴 것도 모자라서, 여인의 정절을 더럽히려 하고 산적 무리들이나 할 짓을 벌이고자 했는가! 네놈은 전하께서 주신 권

182

력으로 아녀자를 겁간하려 했으니, 그것이 중죄이지 않고 무엇이겠느냐?! 본인은 모든 관직자의 위신을 더럽힌 네 놈의 사지를 찢고 싶으나 국법에 따라 처리해야 하니 통탄할 일이다! 당장 목을 쳐도 시원하지 않을 것이다!"

변학도에 대한 분노가 대사 곳곳에서 흘러나왔다.

가장 감정이 격해지는 순간을 연기했다.

태성과 면접관들이 종덕의 연기를 진지하게 지켜봤다.

잠시 후 연기가 끝나자 한을 토해내듯 외쳤던 종덕이 거칠게 숨을 쉬었고 그의 연기를 지켜본 모든 사람들이 자연스럽게 박수를 치며 환호했다.

좁은 공연장이었지만 종덕은 신경 쓰지 않았다.

그저 자유롭게 연기할 수 있었다는 생각에 감정이 북받쳐 오르는 것을 느꼈다.

눈시울을 붉히며 소매로 눈가를 닦았다.

"죄송합니다……."

그의 모든 행동과 반응을 사람들이 지켜봤다.

태성은 종덕의 감정과 마음이 어느 정도 진정되기를 기다렸다.

그 후 의자에 종덕이 앉자 그에게 몇 가지 질문을 했다. 큰 의문이 들어서였다.

"명동의 극단에서 어떤 배역을 맡았습니까?"

태성의 물음에 종덕이 슬픈 표정을 지으면서 대답했다.

"배역을 맡아본 적은 없습니다."

"예?"

"무대 뒤에서 잡일을 보는 단원이었는데… 무대 위에서보고 싶어서 몰래 연습을 했습니다. 그러다가 무대 위에서 연습하다가 들켜서… 규칙을 어겨서 퇴단당했습니다……."

대답을 듣다가 태성의 표정이 일그러졌다.

"연습을 했다고 퇴단까지 당합니까?"

"그게… 배우가 아니면 무대 위에서 연습할 수가……."

"그건 또 무슨 개떡 같은 규칙입니까? 무대를 누가 전세 낸 것도 아니고, 공연 시간이 아니면 단원으로서 얼마든지 쓰고 연습할 수 있어야죠. 제가 볼 땐 그 극단이 문제가 많습니다. 오히려 나온 게 잘된 일입니다. 그런 좁은 무대에서 공연을 할 이유가 없습니다."

태성이 하는 말을 듣고 위로 받았다.

종덕은 태성이 자신을 위해서 해주는 이야기라고 생각했다. 특히 좁은 무대라는 말이 그렇게 여겨졌다.

그저 극단이 잘못 되었다는 것을 강조하는 것으로 생각했다.

그러나 태성이 말한 진의는 따로 있었다.

"함께 전 세계를 다녀 봅시다."

"예?"

"이번 영화가 뮌헨 구출작전이 주된 내용인 만큼 외국으로 가서 영화를 촬영할 일이 있습니다. 이미 불란서에서 영화 촬영을 위해 장소를 내어주기로 약속했습니다."

세계를 다녀보자는 이야기에 종덕이 이성을 잃을 뻔했다.

귀에서 들린 말이 믿어지지 않았다. 태성에게 반신반의하면서 물었다.

"방금… 제게… 설마, 절… 뽑아주시는 겁니까?"

떨리는 목소리로 물었고 태성이 고개를 끄덕였다.

"예. 맞습니다."

"맙소사……."

"하지만 어떤 배역을 맡게 될지 모르니 잘 준비해주시기 바랍니다. 저는 실력을 우선으로 여기니까요. 잘 준비된 만큼 주연 배우를 맡을 수도 있을 겁니다. 숙소에서 기다리다가 통지를 받으십시오. 그리고 다음에 다시 보겠습니다."

"감사합니다! 정말 감사합니다!"

"나가도 괜찮습니다."

원래 면접시험이 끝나고 직원들과 의논해서 합격자들을 정해야 됐다.

그러나 종덕만큼은 예외였다.

그는 태성이 그토록 찾고 있던 주요 배역을 맡을 배우였다.

그를 찾았다는 생각에 매우 만족했다.

함께 면접관을 보던 직원이 태성에게 말했다.

"실력도 좋아서 다행입니다."

"그러게 말입니다. 그리고 김우성이라는 면접생보다 김종덕 면접생이 이몽룡 역을 맡았어야 했습니다. 극단마다 사정이 있겠지만, 실력 외에 다른 요소를 봤다면 나중에 가서 큰 문제를 일으킬 겁니다."

종덕이 있었던 극단에 대해 궁금증이 생겼다.

그러나 궁금증을 뒤로하고 계속해서 면접시험을 치러나갔다.

이후에도 필요한 배우들을 찾고 인상적인 연기력을 가진 배우들을 선별했다.

눈에 익혀 놓았다가 직원들과 회의를 진행하면서 배역을 정했다.

그리고 영화배우로 뽑힌 면접생들을 따로 호출했다.

종덕과 각지에서 온 배우들이 태성 앞에 일렬로 늘어섰다.

그들에게 두께가 있는 대본집이 전해졌다.

대본집 위에는 면접생들의 번호가 매겨지고 역할이 쓰여 있어서 누가 어떤 인물을 맡게 되는지 알 수 있었다.

종덕도 대본집을 태성으로부터 받았다.

대본집을 받을 때 태성이 나름 조언을 전했다.

"이번 영화에서 매우 중요한 역할입니다 대본을 훑으면서 역할의 이름 앞에 동그라미 표시를 하십시오. 한달 동안 대본을 외우시기 바랍니다."

"예. 사장님."

그리고 돈이 담긴 봉투를 건넸다. 그것은 기본 급료였다.

"기본 급료입니다. 받으시기 바랍니다."

어리둥절한 표정으로 종덕이 물었다.

"벌써 주시는 겁니까?"

"예. 그래서 기본 급료입니다. 대사 분량에 맞춰서 지급되는 기본 급료인데, 주요 배역은 1년 동안의 생활비 걱정이 아마도 없을 겁니다. 그리고 영화가 흥행하면 수입에 따라 추가 급료가 있을 겁니다. 말인즉, 영화가 흥행할수록 돈방석에 오를 것입니다. 그것이 여러분들이 노력한 결과의 보상입니다. 최선을 다해서 촬영을 준비해주기 바랍니다."

"예! 사장님!"

다른 배우들도 직원들로부터 돈 봉투를 받았다.

그리고 봉투 안의 금액을 확인하고 눈을 크게 키웠다.

모두가 환하게 웃으면서 기뻐했다.

그중에는 당장의 생활비가 급해서 걱정했던 배우들도 있었다. 그들의 고민과 걱정이 모두 사라졌다.

태성이 다음에 볼 때를 기대했다.

"한달 후에 보겠습니다. 건강하길 빌겠습니다."

"예! 사장님! 감사합니다!"

종덕을 비롯한 배우들이 기뻐하면서 인사했다.

배우들은 면접실에서 나오면서 서로의 이름을 묻고 집이

어디인지를 물었다.

그리고 앞으로 함께 최선을 다해서 일하자고 다짐했다.

대본을 가슴에 안은 종덕이 마치 꿈속의 구름을 걷는 것 같은 느낌을 받았다.

자신이 맡은 배역이 어떤 배역인지 확인했다.

'안중근……?'

집으로 돌아가기 전 짐정리를 위해서 숙소로 향했을 때였다.

숙소에서 대본을 펼쳤다가 소름을 느꼈다.

대사 분량도 작품 안에서 열손가락 안에 들 정도로 많은 분량이었다.

봉투 속에 담긴 돈은 1년 생활비를 걱정하지 않아도 될 정도로 많았다.

그 모든 것이 실감되지 않았다.

"맙소사… 내가 안중근 장군을 맡게 되다니……."

몸이 붕 뜨는 기분이었다.

그는 한번 더 대본에 쓰여 있는 번호와 이름, 배역을 확인했다.

몇 번이나 확인해도 안중근 역을 맡게 되었다는 것이 분명했다.

그러나 그것을 확인한지 한시간이 지나서야 그것을 실감할 수 있었다.

"하하하하! 하하하! 내가 영화배우라니! 그것도 주연 배우라니!"

믿어지지 않았다. 그 사실을 빨리 어머니께 알려드리고 싶었다.

속히 짐정리를 하고 숙소에서 나와 함께 면접을 치렀던, 이제는 동료 배우인 사람들과 함께 인사를 나눴다.

그리고 배와 기차를 통해서 고향의 집으로 돌아갔다.

황해도 사리원에 있는 그의 집에서는 어머니가 홀로 지내면서 자식에게서 좋은 소식이 들려오기를 기다리고 있었다.

남의 빨래를 해주면서 푼돈을 받았고 그 푼돈 중 일부를 모아 한달 전에 빌렸던 돈의 이자를 갚으려고 했다.

종덕의 어머니의 이름은 '순이'였다.

순이에겐 신분제 폐지 이전에 어릴 때 함께 컸던 아씨가 있었다. 그 아씨는 순이의 옛 주인의 딸이자 부호의 부인이었다.

그나마 돈이라도 빌려줘서 한달을 먹고 살 수 있게 해준 사람이었다.

그녀의 집으로 가서 순이가 고개를 숙였다.

부호의 부인이 된 옛 아씨는 이자를 받고 인상을 잔뜩 찌푸렸다.

그리고 순이에게 힐난을 가했다.

"대체 뭐한다고 이것밖에 안 갚는 거야?"

"그게… 열심히 모은 게 그 정도라서요……."

"내가 너였다면 일찍이 교양을 쌓고 그나마 밥벌이는 하는 남자와 혼례를 치렀을 거다. 미천한 광대 따위와 혼례를 치르니 그 따위로 살지."

"……."

"원금은 다음 달까지 갚아야 하는 것을 알고 있지? 못 갚으면 집을 거둘 테니 그리 알아. 집도 없이 부랑자처럼 살기 싫으면 무조건 갚고. 알았어?"

"예……."

"가 봐."

"이만 물러나겠습니다. 마님……."

병에 걸려서 죽은 지아비를 욕하는 아씨가 그토록 미울 수가 없었다.

그러나 그 감정을 드러내지 않고 집으로 돌아갔다.

아씨의 자식을 따라 종덕이 한양으로 가서 극단 생활을 하고 있었다.

그 극단이 누구의 소유인지 알고 있었기에 참고 그녀의 모욕을 들을 수밖에 없었다.

그렇게 집으로 와서 남은 빨래를 했다.

자식이 영화배우 면접시험을 봤다는 것도 아직 모르고 있었다.

그때 집 앞에서 느껴지는 인기척에 순이는 고개를 돌렸다가 앞에 서 있는 종덕을 보았다.

순이의 눈동자가 잔뜩 커졌다.

190

"어머니."

"종덕아……?"

"어머니. 저 왔어요."

"조…종덕아!"

놀란 순이가 자식에게 달려갔다. 그러다가 돌부리에 걸려서 넘어졌다.

"에구머니!"

"어머니?!"

순이가 넘어지자 종덕이 크게 놀랐다.

등에 메고 있던 보자기를 던지고 급히 달려와서 넘어진 어머니를 살폈다.

달려온 자식의 얼굴을 순이가 살폈다.

오랜만에 자식을 보게 됨에 무릎에서 고통도 느껴지지 않았다.

괜찮으시냐고 묻는 자식의 물음에 괜찮다고 답하고 자식의 얼굴을 손으로 감쌌다.

"정말로… 종덕이니?"

"예. 어머니."

"어떻게 네가 돌아왔니? 한양에서 연극배우가…….”

"저, 영화배우가 됐어요."

"뭐?"

자식의 말이 이해되지 않았다.

어머니의 반문에 종덕이 내던졌던 보자기를 다시 가지고

왔다.

그리고 안에 담겨 있던 대본과 신문 한 부를 꺼내서 보여 줬다.

신문에 이희의 투자로 영화사가 세워지고 영화를 찍게 될 것이라는 기사가 실려 있었다.

그리고 대본을 보여주면서 주요 배역을 맡게 된 사실을 알려줬다.

이야기를 들은 순이가 믿을 수가 없어서 한 번 더 물었 다.

"정말로 영화배우가 되었다고…? 네가……?"

"예. 그리고 기본 급료를 받았어요. 여기 봉투 안에 말이 에요. 이제 돈 걱정은 하지 않으셔도 되요. 어머니."

눈동자를 떨면서 자식의 얼굴을 쳐다봤다.

그리고 그제야 무슨 일이 일어났는지 알게 됐다.

영화가 무엇인지 잘 몰랐지만 급료를 봤을 때 연극 단원 보다 대단한 직업이라는 것을 알게 됐다.

글썽이면서 자식을 부둥켜안았다.

"해냈구나! 종덕아!"

"예! 어머니!"

"네 아버지도 기뻐할게다……!"

"예…! 어머니! 이제 제가 어머니 호강시켜드리면서 살 게요!"

"그래……!"

순이는 즉시 돈을 가지고 돈을 빌렸던 우성의 어미에게 찾아갔다.

그리고 우성의 어미가 닦달하던 원금을 모조리 갚고 근황에 대한 물음을 받았을 때 영화배우가 됐다는 이야기를 했다.

그 이야기를 들은 우성의 어미는 기막힌 표정으로 종덕에게 물었다.

"네가… 영화배우가 됐다고?"

"예."

"우성이는?"

"함께 면접시험을 봤지만 떨어졌습니다."

"뭐라고……?"

"영화에 출연하는 배우들 중에는 없었습니다."

대답을 듣고 우성의 어미가 황당하다는 표정을 지었다.

그러다가 우성의 어미가 종덕에게 물었다.

"혹시 너는… 작은 배역을 맡은 게냐……?"

종덕이 당당히 대답했다.

"주연입니다."

"주연? 그건 또 뭐냐?"

"대사양이 많은 주인공과 거의 같은 배역입니다. 그런 배역이 몇 명 되는데 그중 한 배역을 맡게 되었습니다. 안중근 장군 역을 맡게 되었습니다."

"안중근 장군……."

"그동안 살펴주시고 도움을 주셔서 감사합니다. 배우로 대성해서 마님께서 도와주신 것이 헛되지 않았음을 보여드리겠습니다. 그동안 감사했습니다."

"그래……."

"이만, 물러나겠습니다."

"……."

겸손하고 공손하면서 할 말은 다하고 우성이 떠났다.

원금도 모두 갚았기에 더 이상 빚을 진 것도 없었다.

자식인 우성이 종처럼 부리라고 종덕에게도 배우를 권하며 한양으로 보냈는데 새처럼 훨훨 날아가 버렸다.

마루에서 안방으로 들어와서 차를 마셨다.

그러면서 종덕이 자신에게 했던 이야기를 곱씹었다.

'영화배우라고? 그것도 안중근 장군이라고? 그래봐야 광대밖에 더 되겠어? 그러니까 천출인 게지. 양반이라면 과거 시험을 만인의 존경을 얻었을 거야…….'

그러다가 손에 들고 있던 찻잔을 내려치듯이 놓았다.

속에 쌓인 화가 단번에 터져 나왔다.

"하다못해 장사를 해서 돈이라도 모아야 할 게 아닌가! 그런데 광대들이나 하는 연극을 하겠다고 해서 어미가 살펴줬으면 그만한 결과를 보여줘야지! 종덕이 놈이 영화배우가 됐는데 우성이 이놈은 대체 뭘 한 게야?! 감히 천출 종 따위가 그딴 망발을 하게 만들다니!"

속에서 분통이 터졌고 도움을 헛되지 않도록 만들겠다는

종덕의 말을 다시 떠올렸다.

그것이 마치 비꼬는 말로 들렸다.

종살이를 하는 하인에게 우성 사람을 보내려고 했다.

"우성에게 당장 집으로 오라고 전해! 안 그러면 돈을 끊어버리겠다고 말이야! 광대놀음도 정도껏이야!"

"예! 마님!"

"어찌 부모의 체면을 이렇게 먹칠을 할 수 있는지, 정말……."

천출의 직업이더라도 사람들이 좋아하고 인기를 얻으면 유명해질 수 있다고 생각했다.

그것 자체가 출세일 수도 있다고 생각했다.

그러나 종덕으로 인해서 열렸던 생각이 닫히게 됐다.

절대 천출의 자식과 비교되어선 안 된다고 생각했다.

그런 생각으로 우성을 집으로 불러들이려고 했다.

그녀와 우성과 상관없이 종덕은 마침내 꿈을 이루면서 그 맛에 전력질주하기 시작했다.

집에 와서 어머니가 차려주는 맛있는 밥을 먹으면서 방안 혹은 마루, 허름한 집 앞의 평상 위에 앉아서 대사를 외웠다.

태성이 알려준 대로 미리 자신의 역할 앞에 동그라미를 매겼다.

집 주변을 지나가는 사람을 신경 쓰지 않고 실제로 연기해보면서 안중근에 빠져들었다.

대사를 외우면서 안중근이 가졌던 심정이 이해가 갔다.

'이런 감정으로 장병들에게 말씀하셨구나. 장군께선 정말로 백성들을 소중히 여기셨어.'

지금도 조선과 백성들을 지키고 있었다.

그런 안중근에게 감사를 느끼면서 누를 끼치지 않기 위해 완벽한 연기를 선보여야 된다는 생각을 했다.

그렇게 소리치면서 연기 연습을 했고 그 모습을 순이가 멀리서 지켜봤다.

흐뭇한 표정으로 꿈을 이룬 자식을 보면서 속으로 기뻐했다.

그리고 자식이 출영하는 영화가 정말로 대박이 나기를 기도했다.

연습하며 대본을 외우던 종덕의 머릿속에서 의문이 생겼다.

"어?"

하던 것을 멈추고 곰곰이 생각했다.

"영화인데… 어째서 대사를 외워야 하지? 연극도 아닌데……."

종덕이 알고 있는 영화는 흑백 무성 영화였다. 그 영화는 영사기로 상영되는 영화였다.

앞으로 얼마만큼 충격적인 일들이 기다리고 있는지 알 수 없었다.

그리고 그것을 태성과 영화사 직원들이 준비하고 있었

다.

＊　　＊　　＊

어느덧 영화 촬영을 위한 상당수의 가건물들이 지어졌
다.

비록 콘크리트로 지어지는 건물들은 완공되지 않았지만
임시로 가건물을 쓰면서 영화 촬영에 관련된 회사들이 입
주해 일을 하기 시작했다.

'위대한 작전'이라는 조선판 제목과 '엑소더스'라는 수출
판 제목으로 신작 영화의 제목 간판이 걸렸다.

그 아래에서 영화 복장으로 쓰일 옷들이 진열됐다.

그 옷들을 이태성과 직접 제주도로 온 이상재가 살펴보
았다.

옷 중에 군부에서 지원해준 군복도 있었다.

"이 군복을 영화 소품으로 쓰다니……."

"군부에서 지원해준 덕택에 현실감 있게 복장을 취할 수
있습니다. 심지어 부대 표식도 새겨져 있으니 말입니다.
저기 소총도 실제 총을 개조한 것입니다."

"총알을 장전해서 쏘는 거요?"

"실탄은 아니고 공포탄을 장전해서 쏩니다. 총구가 미세
한 구멍만 남기고 막혀 있어서 자동으로 장전도 되고 총구
에서 화염과 연기를 뿜어낼 수 있습니다. 군부에서 지원해

준 소품 외에 다른 것들은 제주도에 입주한 소품 제작 회사들이 만들었습니다."

유럽의 아이들이 입을 법한 옷들이 있었다.

그 옷은 깨끗하게 보이기보다 전쟁으로 인해서 찢어지고 덧댄 천에 실이 기워진 형태로 누가 봐도 전쟁터의 아이들이 입을 것 같은 옷이었다.

그 또한 소품 회사에서 만들어낸 것이었다.

진열대에 소품 제작 회사 직원들이 계속해서 소품을 놓고 있었다.

그들을 보고 이상재가 태성에게 말했다.

"실내 촬영장은 어디요?"

"이쪽입니다. 제가 안내하겠습니다."

굳이 조선 밖에서 촬영하지 않아도 되는 부분은 모두 제주도에서 촬영하고자 했다.

때문에 제주도에 촬영소가 빠르게 지어졌고 나무판자를 세워서 벽지를 발라서 꾸미고 분위기에 맞는 가재를 놓는 식으로 실내 촬영장을 꾸몄다.

촬영장 안을 태성과 이상재가 함께 걸었다.

그들은 마치 유럽 조선군 사령부에 와 있는 느낌을 받았다.

감탄하면서 이상재가 돌아봤다.

"대단하오! 촬영장을 만든다는 이야기를 들었지만, 이 정도일 줄은 정말 몰랐소. 여기서 촬영한다면 마치 사령부에 와 있는 것처럼 느껴지오."

"입주한 건설 회사가 힘썼습니다.

"어째서 영화 도시를 건설해야 했는지 이제야 실감이 가오. 영화에 관련 된 모든 업체가 모여서 빨리 일을 진척시킬 수 있으니 말이오. 이제 촬영만 하면 될 것 같소. 언제 촬영이 시작되오?"

"칠일 남았습니다. 제주도에서 석달 동안 촬영할 겁니다.

"두달 후에 보겠소. 제주도로 오기 전에 미리 연락하겠소."

"예. 문체부대신."

영화 촬영이 어떻게 이뤄지는지 보고 싶었다. 그러나 칠일이나 제주도에서 머무를 수 없었기에 일단 한양으로 가서 일을 보다가 다시 제주도로 와서 살필 생각이었다.

다음 날 이상재가 한양으로 돌아가고 닷새가 지났을 때 종덕과 배우들이 제주도에 모였다.

영화 촬영을 위한 모든 직원들이 구해지고 그들과 함께 의기투합하며 촬영의 시작을 알리는 축하주를 들었다.

건배라는 외침과 함께 화기애애한 분위기 속에서 잔치를 즐겼다.

그런 도중에 종덕이 이태성에게 물었다.

영화 촬영에 있어서 궁금한 것이 있었다.

"사장님."

"예. 말씀하십시오."

"저, 대본을 외우라고 하셔서 외웠습니다만, 암기하던

도중에 궁금한 것이 생겼습니다."

"어떤 것을 말입니까?"

"어째서 대본을 외우라고 하셨는지 말입니다. 무대 위에서의 연극이야 관객들에게 대사를 전해야 하지만 영화는 잘 모르겠습니다. 영사기로 상영되는 영화에서 사람 목소리를 들은 기억은 없습니다."

말이 끝나기가 무섭게 다른 배우가 태성에게 물었다.

"저도 그것이 이상했습니다. 대본을 외우긴 했는데, 혹시 저희 목소리가 나갑니까?"

모두가 태성을 주목했다. 그리고 영화사 직원들이 입이 근질근질한 것을 막는 가운데 태성이 의미심장한 미소를 지으며 배우들을 놀라게 했다.

그들의 이력서에 최초라는 단어가 새겨질 예정이었다.

"여러분들에게만 알려드리는 거지만 이번 영화는 유성영화입니다."

"유성… 영화라고요……?"

"예. 여러분들의 음성이 관객들에게 들릴 겁니다."

"맙소사……!"

"비밀 유지에 각별히 신경 쓰셔야 됩니다. 왜냐하면 목소리가 나오는 영화는 세계 최초가 될 테니까요. 우리는 이번 영화의 흥행을 위해서 모든 수단을 사용할 겁니다."

"예! 사장님!"

"그리고 앞으로 사장님이 아니라 감독님이라 불러주십

시오. 적어도 제가 영화감독을 맡을 때만큼은 말입니다. 부탁드리겠습니다."

"예! 감독님!"

배우들 사이에서 흥분되는 이야기가 오갔다.

"내가 뭐라고 했어. 목소리가 나온다고 했잖아. 그러니깐 대본을 외우라고 말씀하셨던 거야!"

"최초의 유성 영화 배우라니!"

"크하하하!"

최초의 유성 영화라는 말에 사람들의 신경이 쏠렸다.

배우들은 그 이상을 생각하지 못했고 태성은 유성영화라는 단어로 훨씬 충격을 줄 수 있는 것을 숨겼다.

다음 날 본격적으로 영화 촬영에 관한 일을 시작했다.

배우들이 영화사 가건물에 모여서 긴 탁자 앞에 모여 대본 읽기를 했다.

대본을 읽을 때 실제로 연기하는 것처럼 소리를 내어서 읽었다.

그때 태성이 배우들에게 말했다.

"정말 열심히 하셨군요. 암기가 완벽하게 되어 있으니 연기에 더욱 집중할 수 있는 것 같습니다."

"감사합니다."

"그런데 다들 힘을 빼주셨으면 합니다. 왜냐하면 영화는 연극이 아니니까요. 연극에서 몸짓이 과장되고 배에 힘을 줘서 대사를 말해야 하는 이유는 관객들에게 잘 보이고 잘

들게 만들기 위해서 하는 겁니다. 하지만 영화는 다릅니다. 왜냐하면 코앞에서 촬영하고 큰 화면을 통해서 관객들에게 보여주니까요. 미세한 움직임이나 발성을 들려주고 싶다면 그렇게 하세요. 전부 잡아서 관객에게 보여주고 들려줄 수 있습니다. 좀 더 힘을 빼서 읽겠습니다."

"예. 감독님."

태성이 하는 말이 배우들의 귀에 쏙쏙 꽂혔다.

그리고 태성의 말대로 자신들의 연기 방식을 수정하고 영화에 걸 맞는 방식으로 변화시켜야 된다고 생각했다.

그 결과, 두번째 읽기 때 목소리에서 변화가 이뤄졌다.

훨씬 편해졌고 자연스럽게 말하듯이 대본 읽기가 이뤄졌다.

힘을 뺄 때는 확실히 빼고, 격해졌을 땐 고함을 지르면서 인물의 감정을 제대로 전달했다.

서로가 서로를 보면서 배웠고 고쳐야 할 점들을 찾았다.

그런 부분들을 빠짐없이 대본에 필기했다.

그리고 세번째가 되었을 때 많은 사람들의 마음을 흡족하게 만들었다.

정오가 되었고 식사해야 할 시간이 왔다.

"밥 먹읍시다. 요 앞에 밥집이 하나 생겼는데 먹어보니 꽤 맛있더군요. 거기서 식사할 겁니다."

열정적으로 대본 읽기를 하느라 배가 매우 고팠다.

배우들과 직원들이 함께 영화사 전물에서 나왔고 근처에

서 개업한 식당으로 걸어갔다.

멀리 층수를 높이는 건물들이 보였다. 그 건물은 몇 개월 안에 완공될 건물이었다.

발해영화사 사옥과 영화 산업과 관련된 회사의 사옥이 지어지고 있었다.

그와 함께 멀리 다세대 주택이 지어졌다.

그러한 주택들을 보면서 배우들이 이야기했다.

"이번 영화가 흥행 하면 저기 집을 구해다가 살아야겠어. 그래야 영화를 계속 찍을 수 있잖아."

"나도 평양에 있는 처자식들을 데리고 올 거야."

"나도 마찬가지야."

몇몇 배우들은 이미 제주군 내에서 구한 집에서 살고 있었다. 터전이 옮겨지면서 그들의 불편함은 곧 장사하는 사람들의 기회가 됐다.

식당에 들어가기 전에 새로 생긴 가게를 보게 됐다.

"뭐야? 옷 가게가 생겼어?"

"저길 봐. 진료소도 생겼어. 우리가 여기에 있으니까 의원이 진료소를 개소했나 봐."

"자동차 판매점도 생겼어."

영화 촬영 때문에 제주도가 변하고 있었다.

임시로나 장기적으로나 거주하는 사람들이 늘면서 거기에 맞춰서 산업과 경제가 바뀌었다.

그런 풍경을 이태성이 보고 미소 지었다.

식당에 들어가서 직원들과 배우들과 함께 밥을 먹었고, 나와서 휴식한 뒤 마지막 대본 읽기를 하고 배우들에게 소품을 보여주고 시험으로 복장도 갖춰봤다.

다음 날 본격적으로 촬영에 돌입했다.

제주도에 서라벌상사의 한 자회사가 자릴 잡았고 그 회사에서 파는 기기가 영화 촬영에 쓰이기 시작했다.

그 기기는 선진과학기술 연구소에서 먼저 개발된 기기로 서라벌상사에 기술대여가 이뤄지면서 제작된 촬영 카메라였다. 그리고 공중에는 마이크가 띄워져서 음성을 잡기 시작했다.

모두가 제주도에서 구해진 기물이었다.

종덕이 카메라 앞에서 연기하고 있었다.

"특임대가 뮌헨에서 우리 백성들을 구하면 우리는 슈투트가르트로 기습 진격한다. 도시를 점령을 하지 않고 우회할 것이니 각 지휘관들은 장병들에게 이를 숙지시켜라. 차량을 타고 탈출하는 대원들을 만나면 신속히 호송해서 탈출한다. 알겠나?"

"예! 장군!"

"작전 개시 시각에 맞춰서 탄약과 연료를 모두 확인하라."

저음이었지만 성량 풍부하게 묵직하게 말했다.

종덕이 명령을 내리자 지휘관들을 맡은 배우들이 정말로 전투에 임할 것처럼 큰 소리로 대답했다.

일부 배우들은 대본에 없는 부분을 연기하면서 출진 명령만 떨어지면 적 방어선을 단번에 꿰뚫을 것이라고 말했다.

태성은 그런 배우들의 모습을 보면서 만족했다.

확성기를 들고 그만이라고 말했고 배우들에게 정말 잘했다는 칭찬을 아끼지 않았다.

단역 중에서는 제주도에 거주하는 도민이 있었고 그들은 사령부 곳곳을 장식하는 병사로 분장하고 연기를 했다.

어업이나 건설 외에 단역 참여라는 새로운 일자리가 생기면서 도민들은 그런 일을 할 수 있다는 사실에 매우 기뻐하고 즐겁게 받아들였다.

그 일자리는 결코 미천하게 여겨지지 않았다.

그런 제주도의 변화가 한양의 조정으로 전해졌다.

장성호가 이희를 만나서 남쪽에서 일어나는 일들을 알려 줬다.

이야기를 듣고 이희가 만족했다.

"그런 식으로 제주도가 발전되다니 짐으로서는 너무나도 기쁘다."

"큰 공장이 있는 것도 아니고, 어업이 아니면 딱히 도민들이 돈을 벌 일도 없는데, 덕분에 음식 가게들이 생기고 자동차 판매점과 옷가게도 생겨났습니다. 몇 년 지나서 영화 제작 회사들이 늘어나면 도민들의 생계는 훨씬 더 풍요롭게 변할 겁니다. 백성들은 그런 제주도가 어떤 곳인지 궁금해서 직접 가보려 할 것입니다."

"영화 촬영장을 구경하려고 말이지. 듣기로 대궐 밖의 극단의 배우들이 백성들에게 선망의 대상이 되었다는데 그들을 보려고 제주도에 가려고도 하겠군."

"극심한 경우이지만 그런 경우도 있을 겁니다. 무엇보다 제주군이 영화 도시가 되면 결국 외국에서도 찾게 될 겁니다. 영화 촬영을 위한 모든 것이 제주군에 있을 것이니 말입니다. 지금부터 그런 일을 준비해야 됩니다."

"영화 상영이 되면 적극 홍보해야 되겠군."

"수출에 이은 흥행만큼 좋은 홍보도 없을 겁니다. 그만큼 영화가 대작이 되고 잘 만들어져야 합니다."

"군부에서 지원하고 있으니 전쟁 영화로서는 반드시 대작이 되겠지. 지금 촬영은 어떤 촬영을 하고 있나?"

"실내 촬영을 진행하고 있습니다."

"실외 촬영은?"

"조만간입니다. 그리고 전쟁 영화의 역사를 새로 쓸 겁니다. 우리에겐 그럴 수 있는 힘이 있습니다."

어느 나라든지 전쟁 영화를 촬영해서 영사기로 상영하고 있었다. 그러나 그들 영화는 언제나 흑백이었고 총을 든 배우들이 열심히 뛰고 구르는 식이었다.

총을 조준하면 음악 속에서 총성이 울려 퍼지고, 해전을 묘사하면 배에 탑승해서 바다를 항해하는 모습을 담는 게 전부였다.

그리고 한번씩 배에 불이 난 것을 묘사하기도 했다.

기존의 조선 감독의 연출 방식도 그것과 다르지 않았다.

종덕을 포함한 배우들 또한 유사한 방식으로 촬영될 거라고 생각했다.

제주도 남쪽 서귀포에 2기동함대가 주둔하고 있는 군항이 있었다. 실내 촬영을 마치고 본격적으로 실외촬영을 벌이기 시작했다.

배우들과 영화사 직원들이 군항에 들어와서 해군 장병들의 협조를 받았다.

서귀포항을 찾은 이상재와 태성이 만나서 인사했다.

수행원들을 이끌고 온 이상재가 태성에게 재확인하듯이 물었다.

"정말로 전함에 승함하는 것이오."

"예. 문체부대신."

"다른 나라의 영화 촬영에서 이랬던 적이 있었소?"

"없었습니다. 때문에 이 또한 최초가 될 겁니다. 우리 영화는 진짜 전함과 순양함으로 영화 촬영을 벌일 겁니다."

태성의 대답을 듣고 이상재가 흥미진진한 표정을 지었다.

"어디, 마음껏 찍어 보시오!"

실제 군함에 승함에서 찍는 영화가 어떻게 나올지 감히 상상되지 않았다.

미리 지시를 받은 2기동함대 사령관이 태성을 만나서 악수했고 태성은 당분간 신세를 지겠다면서 2기동함대 제독인 유동열에게 감사하다는 뜻을 전했다. 그리고 유동열은 최선을 다해서 지원하겠다고 약속했다.

부두로 걸어온 배우들과 직원들이 100보 넘는 길이의 큰 군함을 보며 위용을 느꼈다.

"정말로 이걸 우리가 타는 거야……?"

"군함에 승함해서 촬영을 하게 된다니……."

"지금도 믿어지지가 않아."

서양의 여느 영화처럼 작은 군함이나 모형으로 만든 배에 타는 것이 아니었다.

진짜 전함에 승선하고 실제로 바다에 나가 기동을 벌인다는 이야기를 들었을 때, 그 사실이 믿어지지가 않아 몇 초 동안 이성을 잃고 멍한 모습을 보였다.

그리고 이제는 전함에 승함해서 정말로 멋진 전투 장면이 촬영되려고 했다.

태성이 직원들과 배우들에게 외쳤다.

"탑시다! 빨리 찍고 해군 장병들도 쉬어야 합니다! 작전 시간을 피해 우리를 위해서 쉬는 시간을 쓰고 있습니다! 어서 타십시오!"

"예! 감독님!"

짐들을 전함에 싣고 장병들의 안내를 받으면서 기함인 전함에 승함했다.

출항하면서 1개 전단이 보여주는 위엄을 경험했다.

대해의 물살을 몇 척의 전함과 순양함들이 갈랐다.

촬영을 위한 해역에 진입할 때까지 유동열이 직접 지휘

했고 부산에서 출항한 항공모함 전단과 합류했다.

항공모함 전단을 이끄는 허윤이 충무공이순신함의 함교에서 2기동함대 2전단 함정들을 보고 있었다.

그가 전단 부제독과 얘기를 나누고 있었다.

"캬, 영화 촬영을 위해서 이만한 전력이 함께 움직이다니."

"대서양에서 해전을 치렀을 때가 기억납니다."

"2전단 대신 1전단이었다면 그때 그대로인 거지. 지금의 연합 전단에서 항공모함들은 그대로였으니까 말이야. 그나저나, 우리는 본인 출연인건가?"

"예?"

"지금 우리도 촬영되고 있는 거잖아. 얼굴은 보이지 않지만 말이야. 그래도 나름 영화배우니까 메소드 연기를 펼쳐야 해. 알았지?"

"예…예……!"

"그때의 기억을 되살려서 실전과 같이 연기하는 거야."

"예! 제독!"

메소드라는 단어가 무슨 뜻인지 몰랐다.

그저 옛 기억을 떠올리면서 실전과 같은 연기를 보여줘야 한다는 생각을 했다.

그래야 영화 속에 멋진 장면을 담을 수 있었다.

항공모함 전단의 장병들은 이미 자신들을 영화배우라고 칭하고 있었다.

그리고 충무공이순신함을 필두로 3척의 항공모함을 배우들이 보면서 전율을 느꼈다.

항공모함에서 해상초계기들이 출격하고 있었다.

'와!'

'해상초계기들이구나! 정말로 이륙하고 있어!'

전함 갑판 위에 촬영기라 불리는 카메라가 있었다.

촬영기 한 대는 함재기가 출격하는 장면을 촬영하고 또 다른 촬영기가 함교 안을 계속 찍는 중이었다.

전단을 지휘하던 유동열이 물러났고 자신의 역할을 배우에게 맡겼다.

그 순간부터 2전단은 1전단이 되어 대서양에서 활약했던 조선 해군으로 분하기 시작했다.

제독을 맡은 배우가 앞으로 나서자 실제 인물이 어떻게 생겼는지 알고 있는 장병들이 놀랐다.

뒤로 물러났던 유동열 또한 놀랐다.

"이런."

"어찌, 그러십니까?"

"닮아도 너무 닮아서 그렇소. 전하를 닮은 사람이 있었다니, 맙소사… 그래서인지 우리 장병들도 연기를 잘할 것 같소."

분장에 대한 칭찬이었다.

배우가 1전단장이자 의친왕인 이강을 빼다 박아 넣은 것처럼 닮았다. 장병들은 잠시 동안 이강의 지휘를 받는다는 느낌으로 그를 따르기 시작했다.

수줍게 미소를 짓던 배우가 유동열이 내어준 자리에 서자 감독인 이태성이 촬영 시작을 알리면서 손바닥을 마주쳤다. 그러자 이강 역을 맡은 배우가 위엄차게 명령을 내리기 시작했다.

독일 북쪽 바다를 점령한 상태에서 연안을 지키는 적 함정들을 상대하는 것을 연기했다.

함교에서 배우의 목소리가 크게 울려 퍼졌다.

"우리 백성을 건드린 자들을 절대 용서치 마라! 저들을 물리쳐야 우리 백성들을 구할 수 있으니 조선 백성의 수호자인 너희들은 온 힘을 다해서 적을 상대하라! 전 함대 발포 준비!"

"전 함대 발포 준비!"

"쏴!"

함교 장병들이 따라 크게 외쳤다.

직후 포격 명령이 떨어지자 함교 창문이 크게 흔들리면서 포성이 일었다.

함께 함교에 있던 이상재가 크게 놀랐다.

'맙소사! 정말로 쏘다니!'

전에 장성호와 이태성이 나눴었던 이야기를 기억했다.

두 사람은 실사격이라는 단어로 영화를 촬영할 때 병기를 실제로 운용할 것이라는 이야기를 했다.

그때의 이야기가 현실이 됐다.

정말로 동명함에서 함포 사격이 이뤄졌다.

그것도 실탄 사격이 이뤄지면서 포구에서 화염이 터져 나왔고 먼 바다에서 물기둥이 치솟아 올랐다.

'거기까지'라는 태성의 외침과 함께 사람들은 영화에 쓰일 멋진 장면이 촬영되었다고 생각했다.

그때 귀에서 들린 말을 의심하게 됐다.

"다시 찍읍시다."

"예?"

"다시 찍어야죠. 전쟁 중에 포격을 한번만 합니까? 여러 번을 쏘고 여러 방향에서 촬영할 겁니다. 이미 해군과 그렇게 하기로 했습니다."

태성의 이야기를 듣고 모든 사람들이 기막힌 표정을 지었다. 그리고 흥분하면서 함포로 포격하는 모습을 더 멋있게 찍어야 한다는 생각에 동참했다.

"알겠습니다! 감독!"

재촬영할 준비를 했다. 다시 자리를 잡고 준비를 하는 동안 태성이 유동열에게 말했다.

실제 포격으로 찍고자 하는 장면이 있었다.

"표적함은 언제 옵니까?"

"내일 해역에 도착할 것이네."

"오늘 찍을 수 있을 때 함께 찍으면 좋을 텐데… 일단은 알겠습니다."

대화를 듣다가 이상재가 물었다.

"표적함이라니? 그건 또 뭐요?"

태성이 웃으면서 대답했다.

"말 그대로 표적함입니다. 실제로 군함을 띄워서 함포로 격침시킬 겁니다. 지난 전쟁에서 독일을 상대로 나포했던 군함들이 있습니다."

"맙소사……."

실제 격침 장면을 찍을 것이라는 말에 숨이 턱 막혔다.

천군이 제작하는 영화는 세상에서 말하는 영화와 차원이 다른 게 될 것이라는 생각이 들었다.

태성이 직원들과 배우들에게 크게 외쳤다.

"자, 찍겠습니다! 촬영 시작!"

손바닥을 맞부딪히면서 촬영을 다시 시작했다.

배우들이 열연을 시작하면서 함교에서 영화를 제작하기 위한 열정이 넘쳐흐르기 시작했다.

다음 날 독일 해군으로부터 나포했던 구축함 두 척이 영화 촬영을 위한 해역에 도착했다.

이강 역을 맡은 배우가 포격 명령을 내렸고 함포가 포성을 일으키자 표적함의 측면에서 큰 불꽃이 터져 나왔다.

그 주위의 작은 보트에서 격침 장면이 촬영됐다.

가라앉는 구축함을 보면서 함교의 모든 사람들이 모두 환호했다.

"와아!"

"정말로 격침됐어!"

"이걸 우리 영화에 넣는 거야?!"

홍분하며 앞으로 상영될 영화가 세상을 뒤집어 놓을 것이라고 생각했다. 그 위력을 더욱 높이려고 태성이 2기동함대 사령관에게 말했다.

"상영 때까지 금일 촬영한 사실이 비밀이 되었으면 합니다. 사람들에게 정말 대단한 영화를 보여주려 합니다."

"장병들에게 명령을 내리도록 하지."

"감사합니다. 제독."

다음 촬영을 위해서 힘써야 했다.

"이제 지상전을 찍어봅시다. 돌아가면 하루 휴식하고 또 찍는 겁니다. 실제로 전차를 타고 전차포를 쏘는 겁니다!"

"오오!"

환호가 크게 울려 퍼졌다. 그리고 해상에서 실사격과 군함을 격침 시킨 만큼 지상에서도 멋진 전투 장면을 찍기 위해 대단한 일이 벌어질 것이라고 생각했다.

모두가 태성을 중심으로 영화 촬영을 하고 있었다.

* * *

이상재는 세상을 뒤집어엎을 영화가 탄생될 것이라고 여기고, 그 감정이 실린 보고문을 한양으로 보냈다.

장성호가 이희에게 촬영에 관해서 말했다.

"촬영기를 흔들어서 찍는다고 합니다."

"흔들어서 촬영하면 어떠한 이점이 있는가?"

"실제로 내가 전쟁터에 와 있다는 느낌을 받게 됩니다. 심하면 어지럼증이 일어날 수 있지만 적당히 하면 높은 몰입감을 선사할 수 있습니다. 제주도에서 야외 촬영을 하고 불란서에 가서 마지막 촬영을 할 겁니다. 그리고 이번 영화촬영이 끝나면 사장이 곧바로 차기작을 찍겠다고 합니다."

"어떤 차기작을 말인가?"

"충무공 이순신의 기적 같은 승리였던 명량대첩을 말입니다. 그리고 고구려의 광개토태왕에 대한 영화를 촬영하겠다고 합니다. 두 영화를 촬영하고 나면 지금 시대를 배경으로한 두 남녀의 연정을 담는 영화도 촬영하겠다고 합니다."

"사장 하나는 제대로 뽑았군."

"모두가 폐하께서 힘써주신 결과입니다. 폐하의 투자와지원이 없었다면 불가능한 일입니다. 황은이 망극하옵니다. 폐하."

차기 작품이 이미 대기 중이었다.

그중 두 작품은 조선의 위대함을 나타낼 수 있는 영화였고 그 뿌리가 어디에 있는지 보여줄 수 있는 영화였다.

커피를 마시고 이희가 수염을 만지면서 이야기했다.

"영화관을 많이 지어야겠군."

많은 사람들이 영화를 볼 수 있기를 희망했다.

그리고 이희의 소망을 미래 후손들이 도와줬다.

이태성과 장성호가 미리 이야기를 한 바였다.

"현재 조선 내 영화관 시설과 장비로는 지금 촬영되고 있는 영화를 상영할 수 없습니다. 때문에 완전히 새로운 영화관이 필요합니다. 그래서 이사장과 이야기를 나눴습니다."

"뭐라고 하던가?"

"황실 소유의 영화관을 조선의 큰 도시에 건설되어야 한다고 했습니다. 심양과 평양, 개성, 한양, 전주, 대구, 부산, 구주의 박다입니다. 주요도시에 황립 영화관을 세우시고 2개 관씩 두신다면 지금보다 더 많은 백성들이 영화를 관람할 수 있게 될 겁니다. 이것이 표본이 되면…….."

"영화관의 수익성을 보고 실업가들이 뛰어들겠군."

"돈을 벌기 위해서 갖은 방법들을 찾을 겁니다. 영화관에 식당을 두거나 먹거리 가게를 두는 형식으로 영화를 보는 것 외에 사람들이 다른 것을 즐길 수 있게 할 수도 있습니다. 그 길을 열어주셔야 됩니다. 백문이 불여일견입니다. 폐하."

충언을 듣고 이희가 황명을 내렸다.

"짐이 내탕금을 줄 것이니, 전국에 황립영화관을 건설하라. 짐은 백성들이 양질의 문화를 누리도록 만들 것이다."

"황은이 망극하옵니다. 폐하."

영화관 건립을 이희가 직접 지시했다.

이상재가 제주도로 간 상황에서 특무대신인 장성호가 위임했다.

문화체육관광부 아래에 황립영화관을 두고 조선의 큰 도시에 영화관 건설을 하기로 했다. 조선의 실업가들에게 영

216

화 산업이 무엇인지 보여주고자 했다.

그것으로 조선 문화 산업의 축을 이뤘다.

그리고 그 축은 한가지가 아니라 여러가지였다.

수많은 사업 중에 한가지를 시작했을 뿐이었다.

이희에게 보고문이 전해졌다.

"올림픽?"

"1920년에 백국 안트베르펀에서 올림픽이 개최됩니다. 달리기와 멀리뛰기 멀리던지기, 수영과 역도 같은 종목으로 신체 능력을 겨루는 대회입니다. 이미 우리나라 선수들도 참전하고 있습니다."

"알고 있다. 그리고 이번 대회에서 금메달이라 불리는 것을 따려고 하지 않는가? 그런데 짐에게 이것을 알려주는 이유가 무엇인가?"

이희의 물음에 장성호가 대답했다.

"올림픽의 목적은 나라별로 자국민의 우수성을 알리려고 하는 것이며, 그것을 통해 국민의 자존감을 높여서 민심의 불만을 잠재우려는 것에 있습니다. 물론 세계 청년의 우정과 화합을 도모하자는 목적도 있지만 그것은 부차적인 것입니다. 그러나 무엇보다 올림픽을 통해서 얻는 경제적 이점이 있습니다."

"어떤 것이 말인가?"

"국제올림픽조직위원회가 거둬들이는 수익, 올림픽을 개최함으로서 얻을 수 있는 관광수익, 경제부양 그리고 다

양한 홍보를 통한 일자리 창출, 그 모든 것이 국부로 돌아
갑니다. 신이 주목하는 것은 바로 경제적인 부분입니다.
때문에 조선에서도 올림픽과 같은 대회를 개최해야 됩니
다. 이제부터 체육대회를 조선에서 열어야 합니다."

장성호의 주장을 듣고 이희가 고개를 끄덕이면서 물었다.

"짐이 어떻게 하면 되겠는가?"

그리고 다시 대답을 들었다.

"신에게 전권을 위임해주시옵소서. 올림픽에 쏠려 있는
세상의 주목을 돌리겠습니다. 또한 전혀 새로운 체육대회
로 세계인들에게 큰 즐거움을 선사하겠습니다. 이를 맡겨
주시옵소서."

이희가 명을 내렸다.

"짐이 하명하니 특무대신은 새로운 국제 체육 대회를 기획
하고 개최하라. 그것을 통해 조선의 국위를 드높일 것이다."

"황명을 받들겠습니다! 폐하!"

올림픽을 뛰어넘는 대제전을 열어서 부와 나라의 명예를
챙기려고 했다.

새로운 역사를 창조하고 새 미래의 문을 열어젖히려고
했다.

그것으로 세상의 중심을 조선에 세우려고 했다.

월드컵을 개최하다

오랜만에 성한과 통신기로 교신했다.

장성호로부터 이야기를 들은 성한이 확인 차 다시 물었다.

장성호가 먼저 의견을 냈다.

―올림픽에 버금가는, 혹은 넘어서는 국제 대회를 개최하길 원한다고요?

"그렇습니다."

―그러면 인수가 아니라 설립 혹은 창설이군요. 조선에서 열고 기구까지 세우시겠다면 말입니다. 어떤 대회를 개최할 것인지 정했습니까?

"생각해둔 것은 있지만 먼저 과장님의 의견을 들으려고 연락했습니다. 과장님이라면 어떤 대회를 여시겠습니까?"

장성호의 물음에 성한이 대답했다.

—기구 설치까지 목표로 삼는다면 여태 개최된 적이 없는 대회가 되어야 하겠지요. 그렇다면 두가지입니다.

"어떤 대회입니까?"

—F1, 그리고 월드컵입니다. 그런데 지금 시대에선 F1보단 월드컵 개최로 얻을 수 있는 것이 많습니다. 마침 조선에도 프로 축구 리그가 열린 상황이니 그것을 기반으로 좋은 성적을 얻을 수 있을 겁니다. 유럽에서도 축구 대회가 있으니 흥미를 가질 겁니다.

"영국의 경우 꼴에는 종주국이라고 우리보다 뛰어나다고 생각할 것 같습니다."

—그래서 대회에서 이기면 조선보다 나은 게 있다고 주장하고 더 나아가서 영국이 최고의 나라라고 자찬할 겁니다. 그러려고 만들어진 것이 올림픽이니 말입니다. 하지만 프랑스처럼 영국도 뛰어난 성적을 거두긴 힘들 겁니다.

자존심을 세우고 싶어 하는 유럽 나라들의 욕심을 건드리려고 했다.

자동차 경주는 유럽 강국들이 지는 경기였고 축구는 그들 나라가 해볼 만하다고 생각할 수 있는 종목이었다.

축구 대회로 의견을 모았다.

"월드컵을 개최해야겠습니다."

─이미 생각해두셨다고 생각합니다.

"생각만 했습니다. 그리고 이제는 개최를 위해서 힘쓸 겁니다. 천군 중에서 적절한 인물을 찾겠습니다."

성한이 건투를 빈다고 말했다.

그리고 미국에서도 축구가 흥행할 수 있도록 준비하겠다고 말했다.

조선에서 개최하는 국제축구대회에 미국대표팀도 참전해서 규모를 키워야 한다고 생각했다.

교신을 마치고 장성호가 대회조직을 위한 인물을 찾기 시작했다.

그러던 중 한 사람이 떠올랐다.

"이 일은 그 녀석에게 맡기면 되겠군."

이태성이 영화를 좋아하는 만큼 축구를 좋아하는 인물이 천군 중에 있었다.

그리고 그 인물은 장성호와 가까운 인물 중 하나였다.

단군함의 레이더장이었던 사람이 있었고 그를 이희에게 직접 천거했다.

며칠이 지나 그 인물이 한양으로 호출 되어 협길당에서 이희를 만났다.

장성호가 두 사람 사이에 있었다.

호출된 이가 눈치를 보는 가운데 그를 보면서 이희가 장성호에게 물었다.

"이자에게 일을 맡길 것인가?"

"예. 폐하."

"올림픽 대신 대단한 체육대회를 열 것이라 했는데 정했는가?"

"예."

"어떤 대회인가?"

"월드컵입니다. 세계축구대회를 우리가 가질 겁니다. 그것을 위해 세계축구연맹을 설립할 겁니다."

호출된 이가 놀라면서 장성호에게 물었다.

"잠깐만 말입니다. 지금, 월드컵이라 말씀하셨습니까?"

"그래."

"그걸 조선에서 연다 하십니까?"

"그래. 혹시 문제라도 있나?"

"그것은 아니지만……."

"서양에서 올림픽이 열리고 있으니 우리는 월드컵을 먼저 치러서 막대한 수입과 권위를 얻을 것이네. 그리고 그에 관한 일을 자네에게 맡기려 하고."

"예……?"

"자네에게 세계축구연맹 회장을 맡길 것이네. 조선 국가대표 감독을 포함해서 말이야. 군에 입대하기 전에 자네 꿈이 축구선수였다는 것을 아네. 그러니 이번에 이루지 못한 꿈을 이뤄보게. 선수는 아니지만 월드컵 우승이라는 꿈으로써 말이야."

"맙소사……."

"한번 해보겠나?"

장성호의 물음에 호출된 이의 어안이 벙벙했다.

그는 김천이라는 이름을 가진 현재는 조선 해군에 속한 인물이었다.

한동안 정신을 차리지 못하다가 장성호에게 물었다.

"설마, 저를 피파 회장으로 삼으시려고……."

"그것은 힘들고."

"예?"

"피파는 이미 프랑스에서 세워져서 인수하지 않는 이상 되기 힘들어. 그런데 굳이 인수할 필요는 없고 아예 새롭게 세울 것이네. 국제축구연맹이 피파니 우리는 세계축구연맹으로 철자를 다르게 가져갈 것이네. 대신 월드컵을 가져갈 것이네. 아직 개최된 적이 없으니까. 그것으로 올림픽보다 더한 국부를 이룰 것이네."

야이기를 듣다가 이희가 장성호에게 물었다.

"저번에 올림픽을 통해서 얻는 국익이 뭔지 들었는데 세계축구연맹과 월드컵을 통해서 얻는 국익은 무엇인가?"

그리고 상세한 대답을 들었다.

"세계축구연맹이 설립되면 가입한 각국의 축구협회로부터 정기적인 운영금을 받습니다. 그리고 그 운영금으로 월드컵이라 불리는 세계축구대회를 개최하고 국가대표 경기를 주관, 입장권 판매와 같은 일부 지분 수익을 거둘 수 있습니다. 그러나 무엇보다 가장 큰 수익은 광고입니다."

"광고?"

"조선엔 영상출력기가 개발되었습니다. 또한 이미 영사기를 통해서 경기 촬영 및 상영이 가능합니다. 경기가 치러질 때 경기장 곳곳에 간판을 세우고 기업광고를 벌일 수 있습니다. 예를 들어……."

"금성차나 남강조선 같은 회사의 광고판을 세워서 사람들에게 알릴 수 있겠군. 조선의 회사뿐만이 아니라 다른 나라 회사의 광고판까지 말이다."

"비용을 비싸게 지불해서라도 광고판을 세우려고 안간힘을 쓸 겁니다. 특히 세계인의 관심이 집중되는 경기일수록 말입니다. 더해서 경기 도중에 선수들이 마시는 음료, 선수들이 입는 운동복, 그 외 많은 것들이 광고로 쓰일 수 있습니다. 그리고 그 광고의 이득은 조선의 회사들이 취할 겁니다."

"그것 말고 다른 이익은 없나?"

"마지막으로 축구는 전쟁을 대신을 나라의 자존심을 건 대결입니다. 때문에 서양인들이 직접 볼 수 있다면 비싼 돈을 주고서라도 보려고 할 겁니다. 자국이 이기는 것을 보기 위해서 말입니다. 월드컵과 국제경기 주관은 세계축구연맹에서 주관하기 때문에 경기 영상에 관한 저작권은 세계축구연맹이 가집니다. 영상을 보기 위해선 각국이 돈을 내야 볼 수 있습니다."

"그 돈을 우리가 취하겠군."

"예, 폐하. 막대한 중계권료를 취할 수 있습니다."

비로소 세계대회 유치와 그것을 주관하는 기구가 조선에 있어야 하는 이유를 완벽히 이해했다.

이희가 기대감 가득 찬 얼굴로 김천에게 물었다.

"경이 축구에 관해서 해박하다는 이야기를 들었다. 축구연맹 회장을 맡아줄 수 있겠나?"

장성호가 거들면서 말했다.

"영국이 참가할 것이네."

"영국이 말입니까?"

"그래. 그렇게 만들 것이니, 감독도 맡아주게. 대회에서 우승을 해야 서양 축구 강국들의 코를 납작하게 만들 것이네."

제의를 받고 김천이 잠시 고민했다. 그리고 두 사람에게 물었다.

"현재 5수송함대 사령관을 맡고 있어서……."

"그것은 걱정하지 말게. 곧바로 전역처리 될 것이니, 자네는 그저 축구에만 신경 쓰면 될 것이네."

말이 끝나기도 전에 장성호가 고민을 해결해줬다.

김천이 이희를 보자 이희가 고개를 끄덕이면서 황명으로 전역시킬 것이라는 뜻을 전했다.

그리고 김천이 새로운 소임을 받아들였다.

"해보겠습니다. 세계축구연맹을 설립하고 조선 축구 국

가대표 선수들을 이끌겠습니다."

"그래. 고맙네."

"특무대신께서 많이 도와주셨으면 합니다."

"그래. 그렇게 하지."

이희가 미소를 지으면서 당부했다.

"조선 축구의 미래를 열어주게."

"예! 폐하!"

황명을 받들고 김천이 협길당에서 나갔다.

그리고 커피를 마신 이희가 장성호에게 물었다.

"서양 나라들의 참가를 이끌어야 하는군. 그들에겐 국제 축구연맹이 있는데 어떻게 참가를 이끌어낼 것인가?"

조심스러운 우려였다. 이희의 물음에 장성호가 대답했다.

"그들의 자존심을 건드릴 겁니다. 오만한 자일수록 자존심이 긁히는 일에 민감합니다. 갈고리 같은 이야기로 대어를 낚을 것입니다."

축구 강국들의 참여를 이끌어내야 했다.

유럽에서는 이미 19세기에 프로 축구 구단을 창단하고 리그를 운영하고 있었다.

특히 영국은 종주국이었다.

조선 외부를 통해 영국 정부로 축구 대회에 관한 소식이 전해졌다.

조지 5세가 로이드조지로부터 이야기를 들었다. 그리고

반문했다.

"월드컵?"

"예. 고려 말로는 세계축구선수권대회라고 합니다. 그리고 대외 공식 명칭은 월드컵이라고 합니다. 우리 정부를 통해서 우리 축구 협회에 참여 요청을 전했습니다."

"그놈들 잔치에 우리가 왜 참여해야 하지? 협회 사람들은 뭐라고 하던가?"

"긍정적입니다."

"어째서?"

"고려를 확실하게 이겨서 대영제국의 자존심을 세우고 싶다 합니다. 이미 분위기가 형성되어 있습니다."

로이드조지의 이야기를 듣고 조지 5세가 곰곰이 생각했다. 그리고 시야를 조금 바꿨다.

"그렇게 할 수 있다면 참여하는 것도 나쁘지 않겠군. 하지만 문제가 있어."

"어떤 것을 말씀입니까?"

"너무 멀어. 고려로 가려면 기차, 혹은 배를 통해서 가야 하지 않겠나. 그런데 고려로 갈 수 있는 대륙횡단 철로는 러시아에서 일어난 내전 때문에 쓸 수 없고, 배를 통해서 가게 되면 가는 시간만 무려 수개월일세. 그 고생을 감수하면서까지 우리 선수들이 실력을 제대로 발휘할 수 있겠나?"

조지 5세의 물음에 로이드조지가 대답했다.

“고려에서 비행기를 보내겠다고 합니다.”

“뭐?”

“첫 대회이기에 고려에서 상업 운항을 준비 중인 여객기를 보내주겠다 합니다. 때문에 며칠 이내에 고려에 도착할 수 있습니다.”

“…….”

“총상금만 우리 돈으로 환산해서 200만 파운드입니다.”

“200만 파운드?! 그 돈이면 드레드노트 한 척을 건조할 때 쓰인 비용보다 많지 않은가?!”

“예. 폐하.”

“놈들이 아예 돈으로 지랄을 하는군! 정말 그런 대회를 열 수 있단 말인가?!”

조지 5세가 떨리는 시선으로 물었고 로이드조지가 담담하게 대답했다.

“열 수 있다고 보고 있습니다. 그러니 선수들이 난리입니다. 막대한 포상금 중 일부라도 받을 수 있길 원한다 합니다. 이미 분위기는 참여로 기울어 있습니다.”

“…….”

“대영제국의 부와 명예가 달린 일입니다. 폐하.”

충격적인 이야기에 조지 5세의 말문이 막혔다.

비행기를 상업적으로 운항하겠다는 이야기가 믿어지지 않았고 총상금이 200만 파운드나 된다는 이야기 또한 믿어지지 않았다.

그렇지만 이제는 조선이 그 모든 것을 가능하게 할 수 있다는 생각이 심어져 있었다.

그리고 축구는 영국이 조선을 상대로 승리를 거둘 수 있는 것이었다.

적어도 조지 5세는 그렇게 생각했다.

"우리는 축구 종주국일세. 그러니 적어도 그만큼의 예우를 받아야 해. 그것에 관해서 진행된 이야기가 있나?"

참여해야 된다는 생각으로 로이드조지에게 물었고 대답을 들었다.

"다른 나라와는 특별하게 4개 팀이 참가할 수 있습니다. 잉글랜드와 스코틀랜드, 웨일스, 북아일랜드까지 말입니다. 조선도 우리가 종주국이라는 것을 널리 알리고 배려해 주고 있습니다."

"그렇다면 참가해야겠군. 네 팀 중 한 팀만 우승해도 우리의 우승이니 말이야. 짐의 뜻을 축구협회에 전하게."

"예. 폐하."

조선의 잔칫상을 어지럽히고 영국의 국위를 바로 세울 생각이었다.

영국이 대회에 참가한다는 사실이 세상에 널리 알려졌다.

직후 프랑스와 이탈리아가 축구 대회에 참가한다는 뜻을 밝혔고 스페인과 포르투갈, 대전에서 패했던 독일도 참가의 뜻을 밝혔다.

패전으로 침체된 국민적 사기를 축구를 통해서 높이고자
했다.

또한 상금을 받아서 전쟁 배상금을 하루라도 빨리 털어
내고 싶어 했다.

유럽 축구 강국들이 참가를 밝히면서 장성호에게 보고가
전해졌다.

장성호는 전역해서 본격적으로 업무를 보는 김천을 만나
그 사실을 알려줬다.

판이 매우 커졌다.

"우리가 아는 축구 강국들이 모두 참가를 표했어. 네덜
란드와 벨기에를 포함해서 말이야. 그리고 미국도 참가의
뜻을 밝혔네."

"식민지인 아프리카와 남미 쪽만 빼고 거의 참가하는 셈
인 것 같습니다."

"그래. 그런 셈이지."

"그러면 이제 우승만 하면 될 것 같습니다. 우리에겐 그
들이 모를 전술과 경험을 알고 있으니 말입니다. 조선의
위대함을 보여주는 겁니다."

"그래. 그렇게 하게."

김천이 월드컵의 우승을 자신했다. 그리고 장성호 또한
그렇게 될 것이라고 믿었다.

콘크리트로 지어진 축구 경기장의 특별실에 서서 유리창 너머로 보이는 치열한 경기를 지켜보고 있었다.

객석을 채운 관중이 노래를 부르면서 응원하고 있었고 응원을 이끄는 데에 소질이 있는 사람이 깔때기를 들고 크게 외치고 있었다.

그리고 북소리와 꽹과리 소리가 끊임없이 울려 퍼졌다.

1900년 이후에 서양으로부터 들어온 야구와 축구는 조선 백성들이 즐기는 놀이가 되었고 관람 문화가 생기면서 자연스럽게 나무로 계단식 의자를 만들고 선수들이 돈을 받으면서 관중들 앞에서 경기를 진행했다.

관중들은 우리 동구, 우리 고을의 선수들이라 말하면서 승리를 원했다.

선수들이 곧 고을의 명예와 자존심이 되었고, 그러한 문화를 장성호와 김인석이 이끄는 조정에서는 결코 놓치지 않았다.

나랏돈과 기업의 돈을 투입시키면서 선수들을 영입하고 '전문선수'라는 단어를 만들어냈다.

그리고 축구가 영국에서 온 놀이였던 만큼 선수들 또한 영국의 용어를 쓰고 있어서 팀이라는 단어를 비롯해 영어로 규칙을 정립했다.

돈을 받고 운영되는 전문팀은 프로팀으로도 불리고 있었다.

그 문화의 근간이 되는 지역감정은 흥행을 위해서 좋은 양념이 되었다.

한성팀 구장에서 관중들이 크게 외치고 있었다.

"동래 촌놈들아!"

"여기가 너희들의 무덤이다!"

"한양 구경 나와서 좋냐?!"

"와하하하!"

상대팀의 신경을 자극하고 자기 팀에겐 용기를 불어넣으면서 응원에 최선을 다했다.

장성호와 김천은 좋은 방향으로 관중을 생각하면서 결국 국가대표 선수들에게 하나가 되어 응원을 보낼 것이라고 생각했다.

경기를 보던 김천에게 장성호가 물었다.

"눈에 띄는 선수가 있나?"

"예. 있습니다."

"경기장에 찾아온 보람이 있군."

"이 경기장 외에 몇 곳을 돌아볼 겁니다. 그리고 제가 생각해둔 국가대표를 뽑을 겁니다. 최고의 선수들로 최고의 훈련을 시킬 겁니다."

사람들이 감히 향한 적이 없는 세상에서 사람들이 있는 곳을 보고 있었다.

김천의 이야기를 듣고 장성호가 의미심장하게 미소 지었다.

"고생 좀 하겠군."

선수들에 대한 이야기였다.

그로부터 며칠 뒤 전문선수들 중에 실력이 좋은 선수, 혹은 체격이 좋은 선수들이 국가대표로 뽑혔다.

선수들은 몇 달 뒤에 월드컵이 열리게 된다는 것을 알았고 축구 종주국인 영구의 4개 팀과 각 나라 국가대표들이 조선에 온다는 소식을 듣고 몹시 흥분했다.

파주에 축구 국가대표 연습장이 마련되었고 그곳에 선수들이 모였다.

김천을 만나고 인사를 나눈 선수들은 조촐한 환영 만찬을 나눈 뒤 다음날부터 조선을 대표하는 선수들이 됐다.

그것을 뜻하는 운동복을 지급 받았다.

"세상에, 이 운동복 좀 봐. 마구 잡아당겨도 찢어지지가 않아."

"입으니까 정말 편해."

"그것뿐만이 아니야. 아침에 이것을 입고 뛰니까, 땀이 정말 잘 마르더라니까. 정말 상상조차 못한 옷이야."

"이야~"

"죽인다, 죽여."

옷에 활 모양의 문양이 작게 새겨져 있었다.

그것을 보면서 선수들과 함께 운동복을 받은 김천이 말했다.

옷을 제공해 준 회사가 있었다.

"그 옷이 어디 회사 것인지 알지?"

"나인기 아닙니까?"

"그래. 나인기에서 만든 옷일세. 그리고 이번 대회에서 나인기가 자네들을 위해서 특별히 개발한 운동복일세. 이미 경험해서 알겠지만 땀은 빨리 마르고 뛰어다니기에 편한 옷을 말이야. 거기에 자네들의 발 크기에 맞춘 축구화를 제공해준다고 하니, 오후에 발 크기를 잴 것이네. 그리고 본격적인 훈련은 내일부터 할 것이네. 대회를 치르는 순간까지 나를 믿고 따라주게."

"예! 감독님! 열심히 하겠습니다!"

천군이라는 사실만으로 경외감이 있었다.

선수들은 김천의 말 한마디에 목숨을 걸면서 지키려고 했다.

오후에 발 크기를 재고 다음날부터 본격적인 훈련에 돌입했다.

선수들이 기대한 훈련은 간단하게 뜀뛰기를 하고 몸을 푼 뒤 공을 차면서 감독의 획기적인 기술이나 전술을 배우려고 했다.

그러나 그 기대는 한시간도 채 지나지 않아서 깨졌다.

김천이 벌이는 훈련은 몸을 깨트리는 훈련이었다.

역기를 든 선수들이 비명을 질렀다.

"빨리 내리지 마! 부상당하면 너만 손해야! 천천히 내려! 더 천천히!"

"흡!"

"튕기지 말고 천천히 올려!"

"으윽……!"

혼자서 들 수 없을 정도로 무거운 역기를 보조자의 도움을 받으면서 누운 상태로 앞으로 들어 올렸다.

그리고 다른 선수들은 어깨 위에 어깨를 올려놓고 앉았다 일어섰다를 반복했다.

또 다른 선수는 철봉에 매달려서 턱걸이를 올라갈 수 없을 때까지 했고 못 올라가면 발목을 잡아준 보조자의 도움을 받고 그 도움조차도 소용이 없을 때까지 턱걸이를 했다.

또한 각도를 기울인 복근 운동 기구에 발을 걸고 심지어 아령을 몸에 안고 윗몸일으키기를 했다.

오전에 근력 운동으로 온몸을 부수고 난 뒤 푸짐하게 나온 점심 식사는 맛이 없을 지경이었다.

숙소로 돌아온 선수들이 한숨을 쉬었다.

"와, 이런 식으로 근육 운동을 하냐?"

"그러게 말이야. 나는 감독님이 뭔가 특별한 걸 알려주실 줄 알았어."

"오후에는 뭘 한다고 했지?"

"반복달리기라고 되어 있는데?"

"반복달리기?"

"뭔가 느낌이 안 좋아."

"나 원⋯⋯."

지친 선수들이 휴식 시간에 쪽잠을 잤다.

그리고 오후 훈련이 시작되자 운동장으로 나온 선수들이 바닥에 깔린 돌들을 보았다.

그 돌은 색칠이 된 채로 운동장 양쪽에 2열로 놓여 있었다.

그리고 열과 열 사이의 거리는 15보와 20보 사이였다.

김천이 선수들에게 말했다.

"각자 이쪽 열의 돌 위에 서."

"예. 감독님⋯⋯."

오전 훈련 때문에 지쳐서 힘이 빠져 있었다.

선수들이 김천의 지시를 따라 돌 위에 섰고 건너편의 돌을 보고 김천을 번갈아보면서 훈련의 내용을 궁금하게 여겼다.

김천이 어떤 훈련인지 알려줬다.

"훈련하는 방법은 간단하다. 내가 호각 소리를 내면 건너편의 돌을 손으로 찍고, 다시 돌아와서 손으로 돌을 찍는다. 호각 소리에 맞춰서 지쳐서 움직이지 못한다거나 늦게 달려서 제때 돌아오지 못한 상태에서 호각 소리를 들으면 탈락이다. 그러면 체력코치가 자네들의 횟수를 기록할 것이고, 자네들은 저쪽에 앉아서 쉬면 된다. 그러면 시작하겠다."

훈련 방법을 알려주고 시작하려고 할 때 한 선수가 팔을 번쩍 올렸다.

"뭔가?"

김천이 물었고 선수가 질문했다.

"궁금한 것이 있습니다. 저희들은 축구 선수인데 공을 차지 않고 이렇게 훈련을 하는 이유를 모르겠습니다. 혹시 나중에 실력이 느는 것과 관련이 있습니까?"

"저도 궁금합니다! 감독님!"

한 선수가 묻자 다른 선수들도 덩달아 물었다.

김천은 선수들의 질문에 친절히 대답해줬다.

"이 훈련을 한다고 해서 공을 다루는 실력이 좋아지진 않는다. 공을 다루는 기술을 늘리는 것은 자네들 스스로가 해야 하고 이미 이곳에 오기 전에 갖춰놓았어야 한다. 굳이 지금의 훈련을 무엇을 위한 것이냐고 말한다면 근력과 체력을 키우기 위해서다."

"체력과 근력……."

"그렇다. 체력과 근력이다. 내가 추구하는 전술은 그것을 기반으로 하기에 체력과 근력부터 키울 것이다. 그리고 그것이 준비되면 자네들은 경기 내도록 적토마와 같이 달릴 것이고 맹호와도 같은 용맹을 드러낼 것이다. 그리고 상대보다 한 발 더 뛰기 때문에 먼저 생각할 수 있다. 그러니 공차기는 마지막에 한다. 그저 자네들의 실력과 감각을 유지하는 것을 최소의 목표로 삼는다. 그 기술까지 늘리고 싶다면 그만큼 노력하라. 그러면 대회에 출전하고 선발 출

전이라는 보상을 얻게 될 거다. 이중에서 몇 명은 월드컵
에 나서지 못할 거다.”

“……?!”

“독을 품고 열심히 해봐.”

미소를 흘리면서 선수들에게 말했다.

선수들은 무엇을 위한 훈련인지를 알고 훈련에 참여한
다고 해서 월드컵 출전이 보장되어 있지 않다는 것을 알게
됐다.

선수들의 눈빛이 달라지자 김천이 마음에 들어 했다.

그리고 호각을 입에 물고 소리를 냈다.

삐—!

선수들이 달리기 시작했고 바닥에 놓인 돌을 손으로 찍
으면서 왕복하기 시작했다.

20번 정도 왔다 갔다 했을 때 편하게 숨 쉬는 선수는 아
무도 없었다.

“헉! 헉! 헉!”

‘와! 힘들어서 미치겠네!’

‘언제 끝나는 거야……?’

탈락할 수도 있다는 말 때문에 서로 처지지 않으려고 안
간힘을 썼다.

그 모습을 김천이 흐뭇하게 바라봤다.

조선의 자존심을 세우기 위해서, 월드컵 우승이라는 목
표를 위해 그리고 영예로운 자리에 함께 있기 위해 간절한

마음으로 노력했다.

　그리고 그 노력의 시간은 세상의 어떤 시계보다도 빨리 흘러갔다.

　모든 선수가 자기 나름대로 최선을 다해서 노력했지만 그 결과는 다를 수밖에 없었다.

　몇 명의 선수가 대회에 출전할 수 없는 결과를 받아들여야 했다.

　그들을 김천이 위로했다.

　"재철아."

　"감독님……."

　"많이 힘드냐?"

　"예. 그래도 열심히 노력했는데……."

　"미안하다."

　"아닙니다. 감독님… 제가 부족해서겠죠. 괜찮습니다. 최고의 선수들을 뽑으셨으니 꼭 우승하길 빌겠습니다. 동료들에게도 그렇게 말했습니다……."

　"잘 준비해서 다음에는 꼭 같이 하자."

　"예… 감독님……."

　김천이 탈락된 선수의 머리를 쓰다듬자 선수가 눈물을 흘리면서 자신이 느끼는 모든 감정을 쏟아냈다.

　그리고 위로받으면서 다음을 기약했다.

　선수들이 걸러지고 최고의 선수들이 국가대표에 남았다.

그 후론 더 이상 체력 훈련을 하지 않았다.

전술 훈련을 하면서 최종적으로 선발된 선수들이 발을 맞췄다.

김천이 중요하게 생각하는 것은 간격이었다.

"간격 맞춰! 수비! 늦잖아! 3선 올려! B팀이 역습하면 1선에서부터 막아!"

처음에는 선수들이 어색해 했지만 이내 김천의 전술을 익히고 조선 전문 축구 연합 팀과 평가전을 치렀다.

그리고 그 평가전에서 무려 5점 차가 넘는 대승을 이루면서 선수들에게 기대감을 심어줬다.

＊　　＊　　＊

대회가 코앞으로 다가왔다.

월드컵 참가를 표했던 여러 나라들이 국가대표팀을 꾸리고 저마다의 연습과 평가전을 치르고 자찬했다.

그리고 조선으로 향할 준비를 했다.

조선에서 약속한 여객기 2기가 런던 외곽에 위치한 비행장에 착륙했다.

큰 날개에 프롭 엔진이 양쪽으로 각각 1기씩 탑재되어 있는 항공기였다.

영국 육군항공대 활주로 위에 앉은 여객기는 사람들의 시선을 끌어 모으기에 부족함이 없었다.

242

영국군 조종사들이 탄성을 터트렸다.

"와!"

"대체 고려에 무슨 일이 있었기에 저런 것까지 만드는 거야?"

"우리는 겨우 폭격기에 사람을 태우는 수준인데!"

"정말로 여객기를 보내다니!"

"세상에!"

영국이 하지 못하는 일을 조선에서 해내고 있었다.

도착한 여객기에서 기장과 부조종사, 승무원, 정비관 3명이 차례대로 내렸다.

그리고 그들의 모습을 영국의 신문기자들이 사진기로 촬영했다.

다음 날 신문은 조지 5세에게 전해졌다.

로이드조지가 여객기에 대한 정보를 알려줬다.

조선에서 공개할 수 있는 정보였다.

"길이 19미터, 전폭 29미터, 높이 5미터, 중량 8톤에, 만재중량 14톤입니다. 반올림 수치며 28명이 탑승할 수 있다고 합니다. 이름은 비둘기입니다."

"얼마나 높이, 멀리 날 수 있나?"

"8000미터에 2600킬로미터입니다. 속력은 시속 360킬로미터로 어지간한 전투기보다도 빠릅니다. 폭격기를 여객기로 개조하는 것과는 차원이 다릅니다. 고려로 향하는 우리 식민지에 몇 번 이착륙 하면 일주일 이내에 도착합니

다."

로이드조지의 이야기를 듣고 조지 5세가 인상을 썼다. 그리고 한숨을 쉬었다.

"여객기를 보낸다고 했던 약속이 진짜였다니. 그것도 사고 한번 안 나고 말이야. 우리가 그런 신뢰성 높은 여객기를 만들려면 못해도 몇 년은 걸리겠지……."

"더 걸릴 수 있습니다."

"우리 것을 기다려서 찬다면 상관이 없지만 그 사이에 항공기를 통한 우리의 운항업만 후퇴하겠군. 짐의 말이 맞나?"

"정부 장관들도 그렇게 말했습니다. 그리고 조선에서 여객기를 구입할 수 있다면 구입해야 한다는 의견이 있었습니다."

"총리의 의견은?"

"저는 구입해야 된다는 쪽이었습니다. 그리고 우리가 사지 않으면 프랑스가 먼저 사서 유럽에서 운송업을 하게 될 겁니다. 그것만큼은 반드시 막아야 합니다."

로이드조지의 의견을 듣고 다시 조지 5세가 한숨을 쉬었다.

그리고 총리에게 여객기 구매를 맡겼다.

"고려 정부에 여객기 구입에 대해서 문의하게. 그리고 우리 선수들이 잘 다녀오면 비둘기를 평가하고 구입하도록 하게. 항운회사를 설립할 준비를 해보게."

"예. 폐하."

"놈들이 정말로 여객기를 보내다니, 정말⋯⋯."

조선의 여객기가 런던에 이른 사실이 너무나도 기막혔다. 그러나 현실을 부정할 수 없었고 씁쓸함을 딛고 앞을 볼 수밖에 없었다.

더 이상 조선을 쫓아가기가 버거웠다. 그러나 프랑스에게 만큼은 절대 뒤쳐져서는 안 된다고 생각했다.

여객기를 수입해서 그것을 연구하고 발전된 여객기를 개발해야 된다고 생각했다.

런던 시민들이 여객기가 온 사실을 알게 되면서 크게 놀랐다.

"또 고려야!"

"요즘 이놈들 미친 거 아냐?!"

"세계 최초의 여객기라니!"

"맙소사⋯⋯!"

최초의 비행기에 이어 최초의 여객기도 조선이 만들었다. 그 사실에 사람들이 술렁일 수밖에 없었다.

유럽 각국에 조선에서 보낸 여객기들이 도착하면서 난리가 났고 사람들은 그것을 타고 동양으로 향하는 꿈과 돈이라도 내서 하늘을 날 수 있다는 꿈을 꾸었다.

그 꿈을 처음으로 이루는 사람들이 축구 국가대표 선수들이었다.

그동안 훈련장에 모여서 축구 연습을 하던 잉글랜드 대

표 선수들이 차를 타고 비행장에 도착했다.

활주로 끝에 여객기가 서 있었고 그것을 본 선수들은 입을 크게 벌리면서 탄성을 터트릴 수밖에 없었다.

어지간한 비행기보다 큰 항공기가 위용을 자랑하고 있었다. 비둘기라 불리는 여객기를 보면서 선수들이 서로 이야기했다.

"이걸 우리가 타는 건가……?"

"전투기 조종사도 아닌데 비행기를 타고 하늘을 날다니…….."

"도저히 믿어지지가 않아."

실감이 들지 않았다. 그래서 더욱 흥분되었다.

"언제 타는 거야?"

"하늘을 난다는 게 어떤 기분인지 궁금해서 미치겠네!"

"창가에 내가 앉을 거니까, 막지 마. 알겠어?"

"웃기고 있네. 내가 앉을 거야. 그러니까 헛소리 하지 마."

여객기에 탑승하기 전부터 자리싸움을 예고했다.

그런 선수들을 보면서 감독이 크게 외쳤다. 잘못하면 싸움으로 번질 수 있었다.

"들어가는 순서대로 창가, 창가 옆자리! 다시 창가! 창가 옆자리! 그렇게 앉아! 알겠나?!"

"……."

"대답 안 해?!"

"예……."

"이거야 원, 어린아이도 아니고……."

마치 기차를 타는 어린아이 같은 모습이었다. 그런 선수들처럼 감독도 마찬가지였다.

"감독님… 제가 고소공포증이 있어서……."

"음?"

"창가에 앉게 되면 양보해드리겠습니다."

"오오! 고맙네! 자네가 고소공포증이라니, 나도 안쪽 자리를 잡게 되면 얼마든지 양보해 주겠네. 창가 자리면 꼭 이야기해주게."

"예. 감독님."

수석코치에게 고소공포증이 있었다. 그 이야기를 들은 중년의 감독은 어린아이처럼 환하게 웃었다.

난생처음 비행기를 타는 것을 매우 기대했다.

그런 감독에게 여객기 기장이 와서 직접 이야기했고 그의 말을 들은 감독이 선수들에게 크게 외쳤다.

"양쪽으로 나뉘어서 탑승한다! 고려 기장과 승무원들이 시키는 대로 해라! 영어가 가능하다고 하니 문제가 있으면 곧바로 말하면 된다!"

"알겠습니다!"

우승에 대한 확신보다, 비행기를 타고 하늘을 날 수 있다는 것 때문에 사기가 충천했다.

조선에서 특별히 배려해준 승무원들이 그들을 도우며 탑

승시켰다. 기장부터 승무원들은 전원 영어에 능통한 자들이었다.

특히 기장과 부조종사는 대전 기간에 유럽으로 와서 전투기를 몰았던 사람들이었다.

그들이 잉글랜드 선수들의 안전을 책임졌다.

승무원과 함께 의자에 선수들을 앉히고 영어로 안전띠를 메는 법과 푸는 법을 알려줬다.

그리고 직접 메는 것을 도운 뒤 비상시에 어떻게 행동해야 하는 지를 알려줬다.

그리고 조종실과 승무원 의자로 향했다.

프로펠러가 돌기 시작했고 여객기가 앞으로 움직이기 시작했다.

"움직인다!"

"이제 가는 건가?!"

중년 감독의 얼굴이 창문에 붙다시피 했다. 속도를 높이는 여객기는 이내 활주로에서 바퀴를 떨어트렸다.

창밖으로 보이는 풍경이 아래로 떨어지고 있었다.

모든 선수들이 창을 향해 고개를 돌렸다. 그리고 그 모습을 함께 탑승한 신문기자가 사진기로 찍었다.

여객기에서 보는 지상의 풍경을 신문에 실으려고 했다.

사람들의 눈동자가 떨리고 있었다.

"세상에……."

"정말로 날고 있어……."

"내가 비행기를 타고 하늘을 나는 것을 경험하게 되다니······."

"맙소사······."

많은 사람들의 소망이었고 꿈이었다.

잉글랜드 대표 선수단뿐만 아니라, 프랑스, 이탈리아, 독일 등 수많은 선수들이 꿈꿨던 하늘을 날고픈 소망을 조선에서 들어줬다.

그리고 그들은 며칠 지나지 않아서 조선에 도착했다.

한양 서쪽 경강 너머에 김포라 불리는 곳이 있는데, 그곳에 위치했던 공군 비행장이 민간 항공기를 위한 국제공항으로 탈바꿈했다.

비록 부족한 것이 많았지만 사람들을 비행기에 태우고 내리게 만들기에는 부족함이 없었다.

아스팔트로 포장된 2개의 활주로 위로 여객기들이 차례대로 착륙했다.

며칠 만에 외국 대표 선수들이 조선에 도착했다.

"여기가··· 조선인가······?"

소문으로 들었던 발전된 모습이나 고층 빌딩을 볼 수 없었다. 그것도 그럴 것이 김포는 한양에서 다소 거리를 두고 있었다.

하지만 차를 타고 움직일 땐 그리 멀지 않은 거리였다.

이미 선수들은 며칠 만에 세상 반대편에 와 있었다.

"배를 타고 왔으면 얼마나 걸렸을까? 한달? 두달? 못해도 세달은 걸렸을 거야!"

"일주일 만에 왔다는 게 믿어지지 않아!"

여객기가 얼마나 유용한 교통인지 경험했다. 그리고 돌아갈 때도 새처럼 하늘을 날면서 지상을 발아래에 두는 것을 기대했다.

조선이 보내준 여객기에서 내리고 나서도 선수들의 감탄은 줄어들지 않았다. 그리고 차를 타고 한양으로 향했을 때 수십 층에 이르는 빌딩들을 보면서 감탄했다.

어떤 빌딩은 이미 지어져 있었고 어떤 빌딩은 건설 중이었다. 그리고 경강의 강폭을 넓히는 대규모 치수 공사와 남쪽 땅에서 이뤄지는 신도시 건설을 멀리서 보았다.

동양의 최고 강국이라는 것을 여실히 경험했다.

그리고 조국인 대영제국보다 활기차고 진보의 행군을 가속하는 최강국의 미래를 엿봤다.

눈으로 목격하고 조선을 인정할 수밖에 없었다.

잉글랜드 대표 선수들과 프랑스 대표 선수들이 한양에 도착하고, 이어 다른 나라들의 선수들이 도착했다. 중국과 일본 선수들도 조선에 도착했다.

그에 관한 보고가 이희에게 전해졌다.

"참가를 표했던 각국 축구 대표 선수들이 모두 조선에 입국했습니다. 지금 짐을 풀고 휴식하고 있습니다."

"총 몇 팀인가?"

"20개 팀입니다. 그들은 5팀씩 4개 조를 이루고 2위까지 결승 토너먼트에 진출합니다. 토너먼트에선 오직 승패만 있고 이긴 팀이 상위 토너먼트에 오릅니다. 토너먼트에서 세번을 이기면 우승입니다."

"하지만 한번이라도 패하면 소용없는 일이지. 그래도 우수한 성적은 우수한 성적일 터. 김 감독과 선수들에게 최선을 다하라고 전하라. 짐은 어떤 결과가 나오더라도 그들의 노력을 치하하고 격려할 것이다."

"예. 폐하. 황은이 망극하옵니다."

"전에 이야기했던 것처럼 손님들에게 우리 것을 홍보하라. 또한 우리 것이 그들의 것보다 낫다는 것을 여실히 보여주고 깨닫게 해라. 이번 대회를 시작으로 조선은 세상에서 특별한 나라가 될 것이다."

"황명을 받들겠습니다. 폐하."

월드컵 개최로 많은 것을 얻을 수 있었고 그 모든 것을 챙기려고 했다.

한 해 전에 건설된 20층 높이의 조선의 특급 호텔이 있었고 그 호텔에 선수들이 머물면서 감탄했다.

호텔에 구비된 모든 물건이 우수했고 특히 플라스틱으로 만들어진 칫솔을 보고 놀랐다. 나무를 깎아서 만든 칫솔보다 훨씬 편하게 양치질을 했다.

영국의 한 선수가 칫솔을 써보고 한 방을 쓰는 동료 선수에게 말했다.

"이거 엄청 좋은데? 나무 칫솔하고 다르게 부드럽게 휘어!"

"플라스틱이지?"

"그래! 플라스틱이야!"

"우리는 이제야 플라스틱 용기나 나오는데 고려에서는 그런 것도 만들다니……."

"이걸로 양치질을 하니까 구석구석까지 잘 닦여! 칫솔모도 적당히 부드러워서 이걸로 오랫동안 써야겠어! 매일 칫솔을 새 걸로 준다는데 모아서 챙겨야겠어! 여기 비누도 엄청 좋아!"

써보고 감탄하면서 챙겨서 가지고 가야겠다는 생각을 했다. 그리고 칫솔과 비누 포장지에 쓰인 이름과 문양을 확인했다.

'경주 최가'라는 조선 글과 영어가 함께 쓰여 있었고 기왓집 문양이 그려져 있었다. 그것이 서라벌상사의 자회사에서 만든 물건이라는 것을 알았다.

처음에는 몰랐지만 조선에서 지내면서 알게 됐다.

그리고 조선의 음식을 제대로 즐겼다.

정갈하게 나온 반찬과 밥과 고기반찬은 선수들 중 어느 누구도 싫어할 수 없었다.

조선에서 머물며 대회 개최까지 몸 상태를 끌어올렸다.

그리고 실제 경기장에서 훈련을 할 수 있는 기회가 주어졌다.

문화체육관광부에서 보내준 큰 상용차를 타고 경기장으

로 향했다.

그들은 그곳에서 커다란 콘크리트 건물을 보았다. 경기장에 도착한 이탈리아 대표 선수들이 고개를 들었다.

"이거… 콜로세움이잖아……?"

"콜로세움만큼 큰 경기장이 고려에 있었어…….."

"맙소사……."

이탈리아에도 축구 경기장이 있었다. 그러나 그 경기장들은 하나 같이 계단식 의자로 5미터 높이까지 관중석이 세워진 경기장으로 수용 인원은 대략 1만명 정도밖에 되지 못했다.

조선의 축구 경기장은 밖에서 봐도 그 이상으로 여겨질 수밖에 없었다.

세계축구연맹 직원을 따라 경기장에 들어가서 탈의실과 샤워실을 확인하고 조선의 위생의식이 세계 최고라는 것을 확인했다. 그리고 잔디가 깔린 경기장에 나왔다.

선수들이 입을 벌린 채 주위를 돌아보기 시작했다.

2층으로 나뉜 관중석을 보게 됐다.

"대체 관중이 몇 명이나 들어올 수 있는 거야……?"

이탈리아 선수의 이야기를 듣고 직원이 대답했다.

"한성 구장은 4만명 이상입니다."

"예?"

"토요일 저녁에 경기가 치러지면 저 관중석이 만석이 됩니다. 이곳에서 개막전과 결승전이 치러질 겁니다."

직원의 대답을 듣고 선수들이 할 말을 잃었다.

앞으로 한걸음씩 움직였다. 그리고 바닥에 있던 잔디를 손으로 쓸었다.

이탈리아 경기장 잔디보다 질이 훨씬 좋았다.

"엄청 부드러워……."

"고려에선 이런 경기장에서 축구를 하는 거야……?"

다시 관중석을 돌아봤다. 그리고 만석을 이룬 관중이 함성을 일제히 지르면서 경기장 안을 울게 만드는 것을 상상했다. 선수로서 조선이 몹시 부러웠다.

"이런 경기장에서 뛸 수 있다면 미친 듯이 뛰어 다닐 거야."

"우리 이탈리아의 경기장은 아무 것도 아니었어."

주눅이 들었다. 축구를 연습하기보다 조선의 경기장을 구경하는 것에 시간을 더욱 썼다.

그렇게 조선의 경기장에 감탄하며 며칠을 보내고 몇몇 팀과 친선 경기를 벌였다. 개최 이틀 전에 공개 조 추첨이 이뤄지고 개막전을 어떤 팀이 치를지 정해지게 됐다.

올림픽을 능가하는 세계인들의 축제가 열리려고 했다.

예상을 능가하는 파장

음악적 재능을 가진 한 사람이 있었다. 그 사람은 천군으로 이름은 '양성훈'이었다. 양성훈은 단군함의 갑판병이었던 인물이었다.

김천과 장성호가 그를 만났다.

"자네가 입대하기 전에 연예기획사의 연습생이었다지?"

"예. 특무대신."

"그때 무엇을 배웠었나?"

"작곡… 작사… 노래 부르는 법… 그리고 춤추는 방법과 무대를 구성하는 것까지 전부 배웠습니다. 그리고 데뷔에 실패해서 군에 입대했습니다.”

“뭣 때문에 데뷔에 실패했지?”

“경쟁 팀이 있었는데 마지막에 졌습니다. 그래서 군대부터 다녀오자고 했습니다. 그 뒤로 특무대신과 함께 이곳에…….”

양성훈은 입 꼬리가 조금 긴 외모를 가지고 있었다.

양성훈의 사정을 들은 장성호가 고개를 끄덕였다.

김천이 양성훈에게 물었다.

“지금은 무슨 일을 하지?”

김천이 대답했다.

“라디오 방송국에서 일하고 있습니다. 그곳에서 연주 지휘를 하고 있습니다.”

장성호가 양성훈에게 물었다.

“이번에 월드컵을 치르기로 했는데 알고 있나?”

“알고 있습니다.”

“성공적인 월드컵 개최를 위해서 한가지 일해보지 않겠나?”

“어떤 일을 말입니까?”

“자네 재능이 제대로 쓰일 수 있는 일일세. 한번 맡아보겠는가?”

그때까지만 해도 그것이 얼마나 중요한 일인지 몰랐다.

그리고 얼마나 대단한 일인지도 몰랐다.

상암이라 불리는 곳에 황립 한성 축구 경기장이 있었고

그곳에서 월드컵 개막식이 열렸다.

대회 개최 이전부터 백성들에게 세계적인 대회가 치러질 것이라는 것이 알려졌다.

그로 인해 수많은 백성들이 상암으로 몰려들었다.

사진기를 든 외국 신문기자들이 모였다.

한양의 외국 공사들이 귀빈석에 앉은 가운데 조정 대신들과 악수를 하며 반가움을 나타냈다. 그 중에는 알렌도 있었다.

'그 조선이 여기까지에 이르다니…….'

속으로 무시하고 미개하다고 비하했던 나라가 큰일을 치르고 있었다.

관중의 함성과 박수 소리를 들으면서 양복을 입은 이희가 민자영과 함께 안으로 들어와 귀빈들로부터 인사를 받았다.

알렌 앞에 이희가 섰다. 이희가 알렌에게 물었다.

"이제 조선을 인정하겠는가?"

그의 물음에 알렌의 눈동자가 떨렸다.

심장이 덜컹 내려앉으면서 얼떨결에 황제의 물음에 대답했다.

"예. 폐하……."

대답하고 섬뜩함을 느꼈다. 자신에 대해 이희가 알고 있었다는 생각이 들었다.

그때 이희가 승리의 미소를 드러냈다.

"그거면 됐다. 앞으로 조선과 미국의 우의를 위해서 진심으로 최선을 다하라. 짐은 안련 공사를 한 번 더 신뢰할 것이다."

"황은이… 망극하옵니다……."

다시 지난날들이 머릿속에서 스쳐 지나갔다.

감당할 수 없는 큰 경외가 가슴에서 일었다.

두려워하며 이희의 뒷모습을 봤다.

이희가 손을 흔들자 관중석을 채운 사람들이 더 크게 함성을 질렀다.

곧 개막 공연이 시작되었다.

서양의 옷을 입은 사람들이 공을 차다가 선비 옷을 입은 사람들에게 공을 찼고 선비 옷을 입은 사람들이 공을 찰 듯 말 듯 하다가 서로 공을 차고 경기를 즐기는 모습이 공연에서 나타났다.

그리고 조선에서 산업화가 이뤄지고 운동복을 입은 조선 선수들이 공을 차고 서양의 선수들과 겨루는 모습을 보였다.

이후 모두가 함께 어깨동무를 했다.

경기장 한곳에 있던 악단이 연주를 할 준비를 했다.

악단의 지휘자는 양성훈이었다.

지휘봉을 잡고 연주를 지휘하기 전에 장성호와 김천과 나눴던 이야기가 떠올랐다.

'조선에서 열리는 세계 대회일세. 비록 생방송은 안 되지만 개막식을 관람하는 외국인들과 외교관들, 그리고 선수들이 증언하고 알릴 것이네. 차후엔 영상으로도 알려질 테고 말이야. 그래서 최고의 감동을 전할 수 있는 곡을 연주해야 되는데 좋은 생각이 있는가?'

'한 곡이 떠오르긴 합니다.'

'자네가 작곡한 곡인가?'

'제가 자곡한 곡으로 쓰고 싶지만, 아무리 해도 그 곡보다는 못할 것 같습니다. 전쟁이 끝난 지금이야말로 필요한 곡입니다.'

어떤 작곡가도 능가하지 못할 명곡이 있었다. 그 곡은 어떤 시대에서 연주되더라도 사람들에게 감동을 전할 수 있는 곡이었다.

개인의 창작 욕구보다 사람들에게 감동을 전하기 위해서 욕심을 내려뒀다.

그리고 전력을 다해서 그 곡의 연주에 집중했다.

양성훈이 지휘봉을 들고 악단의 연주를 이끌었다.

반주 끝에 합창단이 노래를 부르기 시작하자 가슴에 파고드는 노래가 합창단의 입을 통해서 널리 퍼져 나갔다.

공연을 진행한 사람들이 손을 잡고 율동을 하고 있었다.

하늘 높이 솟는 불

우리들 가슴 고동치게 하네
이제 모두 다 일어나
영원히 함께 살아가야 할 길
나서자

손에 손잡고 벽을 넘어서
우리 사는 세상 더욱 살기 좋도록
손에 손잡고 벽을 넘어서
서로서로 사랑하는 한마음 되자
손잡고

1절에 이어 2절도 이어졌다. 그리고 2절은 손님들을 위해 외국어로 노래가 합창됐다.
영어로 사람들에게 가사가 전해지면서 그것이 무슨 노래인지 몰랐던 외국인들이 큰 감동을 받았다.
"고려에서 이런 노래를 만들다니……."
"손에 손잡고라… 전쟁을 치르고 난 지금이야말로 세상을 치유할 수 있는 유일한 노랫말이야……."
"이런 대단한 노래가 동양에서 만들어지다니……."
눈물을 흘리는 사람도 있었다.
모두가 먹먹한 기분을 느끼면서 양성훈과 합창단의 연주를 지켜봤다.
합창이 끝나자 일제히 기립하면서 박수를 크게 쳤다.

어떤 기자는 사진기를 내려놓고 환호를 보냈고 그 모습이 다른 기자들의 사진기 속에 담겼다.

경기장에 설치된 촬영기가 그 모든 모습을 촬영하고 있었다.

하얀 비둘기가 하늘 높이 날아올랐다.

그렇게 찍힌 영상이 앞으로 어떻게 쓰일지는 오직 천군만이 알고 있었다.

자식을 위해서 가격이 꽤 되는 표를 구입한 평범한 가장이 있었다.

그 가장이 자식의 손을 잡고 개막식을 관람했다. 아비가 자식에게 감상을 물었다.

"현아. 와서 보니 어떠니?"

"대단해요! 아버지!"

"그렇지? 지금 보고 있는 것을 잘 기억하거라. 이제 네가 조선의 미래다. 조선을 이렇게 만들어준 사람들을 기억해라."

"예! 아버지!"

천군 그리고 수많은 조선의 영웅들이 있었다.

그들의 노력과 희생으로 일어선 조선이 어떤 나라인지 자식에게 보여주고 싶었다.

그리고 앞으로도 더 큰 번영과 위대함을 얻고 정의로운 나라에서 꿈을 펼칠 수 있기를 소망했다.

모든 개막식 공연이 끝나자 국제축구연맹 사무총장이 단

상 위에 올랐다.

그가 마이크를 들고 사람들에게 대회가 개막했음을 알렸다.

경기장의 스피커에서 사무총장의 목소리가 크게 울려 퍼졌다.

—이제, 세계축구선수권대회 개막을 선포합니다!

"와아아아아~!"

함성이 크게 울려 퍼졌고 폭죽이 터졌다.

환호가 계속해서 이어지면서 개막전을 치를 선수들이 자신들의 나라를 상징하는 운동복을 입고 경기장에 입장했다.

그러자 관중의 함성이 더욱 커졌다.

선수들의 감회가 남달랐다.

'이런 경기장에서 축구 경기를 벌이다니!'

'정말 엄청난 관중이야!'

고개를 바짝 들지 않고선 하늘이 보이지 않을 지경이었다.

함성이 가슴을 뒤흔들었다. 그들은 상대팀을 보면서 전의를 불태웠다.

"우리가 전쟁에서 졌지만 축구로 복수를 벌일 수 있어! 프랑스 놈들을 이겨서 우리 국민들에게 용기와 희망을 심어주자고! 알았지!"

"그래!"

"위치로 가서 준비해!"

"알겠어! 주장!"

독일과 프랑스가 개막전을 치를 예정이었다.

독일 선수들은 반드시 프랑스를 상대로 이겨서 전쟁에서의 패전을 되갚겠노라고 벼르고 있었다.

또한 프랑스는 프랑스대로 절대 독일에게 패하지 않으려고 했다.

호각 소리가 울려 퍼지고 조선에서 제조된 가죽 공이 양편을 넘나들었다.

잔디밭 밖에는 광고판들이 세워져 있었다.

거기엔 나인기와 배라리, 경주 최씨, 금성전자, 돌쇠네 가봤나 등의 문양과 사명이 쓰여 있었다.

경기의 모든 과정이 촬영기 안에 담겼다.

공이 양편으로 오가다가 그물을 갈랐다.

"득점이다!"

"와아아아아!"

우레와 같은 함성이 크게 터졌다.

독일이 프랑스를 상대로 득점했고 그들의 공세를 막으려했던 프랑스 선수들이 주저앉았다.

이후 계속해서 경기가 치러지고 독일은 프랑스를 상대로 2대1로 승리했다.

프랑스를 이긴 독일 선수들은 그 자리에서 무릎 꿇으며 눈물을 흘렸다. 패전으로 인한 분함과 원통함을 조금이나 승리로 씻을 수 있었다.

이후 다른 나라들이 경기를 준비했다.

부산에 있는 2만명의 관중을 수용할 수 있는 경기장에서 잉글랜드와 일본이 조별리그 1차전을 치러질 예정이었다.

월드컵 기간 중 세계축구연맹에서 인정한 공인구만이 경기에서 쓰일 수 있었다.

그 공인구를 잉글랜드 선수들이 잡아보고 감탄했다. 영국에서 사용하는 공과 차이가 있었다.

훨씬 둥글고 탄력이 있었다.

"이런 공으로 조선에서 축구 경기를 한단 말인가?"

"우리 공은 이 부위에 봉합이 있어. 그런데 고려의 공은 그런 것이 하나도 안 보여."

"대체 이 공을 어떻게 만든 거야?"

몸을 풀어야 할 때 경기에 쓰이는 공인구를 보고 신기하게 여겼다.

유럽에서는 조각 형태의 긴 천을 덧대서 만든 축구공으로 경기를 치렀고 그 축구공의 한 부위에는 봉합선이 있었다.

그러나 월드컵에서 쓰이는 조선의 축구공에는 어떤 봉합선도 보이지 않았다.

공인구에 활 모양의 문양이 새겨져 있었다.

"나인기……?"

익숙한 문양이었다. 운동장 외곽에 비스듬하게 세워진 간판에 똑같은 문양이 새겨져 있었다.

그것을 보고 영국 선수들이 이해했다.

'나인기라는 회사가 이 대회를 후원하는 모양이군!'

영국에서도 이뤄지는 광고였다.

나인기를 기억하면서 선수들이 조금 연습하고 경기를 치렀다.

호각 소리가 불릴 때까지만 해도 잉글랜드 선수들은 자신들이 우승할 것이라고 자신했다.

그러나 공은 둥글기에 결과는 지켜봐야 아는 것이다.

경기가 시작되자 일본 선수들이 들러붙었다.

나름대로 잘 먹고 운동을 잘해왔던 잉글랜드 선수들이 일본 선수들을 밀어내고 공을 찼다.

그때 다른 일본선수가 패스를 가로챘다. 방심한 잉글랜드 선수들 앞에서 일본 선수들이 소리쳤다.

그들 나름대로 이겨야 할 이유가 있었다.

"동양인을 우습게 여기는 서양 놈들에게 한 방 먹이는 거야! 들개처럼 뛰어!"

"오오!"

일본 선수들은 독기를 품고 운동장을 뛰었고 당황한 잉글랜드 팀을 상대로 선제 득점했다.

이제는 일본을 동맹으로 대우해주는 조선 관중들이 환호했다. 관중들은 일본의 분전을 응원했고 일본 선수들은 전

과 다른 조선인들의 응원에 용기를 얻고 더욱 열심히 뛰었
다.

*　*　*

각지에서 치러진 경기 결과들이 한양에 전해졌다.

연일 신문에서 월드컵 이야기로 도배되는 가운데 이희도
그에 관한 소식을 보고받았다.

잉글랜드와 일본의 경기 결과를 들었다.

"일본이 2대1로 졌다고?"

"예. 폐하. 선제 점수를 냈지만 잉글랜드의 체격과 기술
에 졌습니다. 하지만 분전했습니다."

"중국은 어찌되었는가?"

"스코틀랜드를 상대로 1대1로 무승부를 냈습니다."

"동양이 결코 만만하지 않다는 것을 증명했군."

"예. 그리고 초나라도 패했지만 1점 차이로 패했습니다.
오히려 위구르가 아일랜드를 상대로 이겼습니다."

"조선은 언제 경기하나?"

"내일입니다. 서반아를 상대로 평양에서 첫 경기를 가집
니다. 이기면 결승 토너먼트 진출에 유리한 고지를 선점합
니다."

다른 동양 국가의 경기 결과를 듣고 조선이 언제 경기를
치르는지 확인했다. 조선 대표 선수들에게 이희가 친히 용

기를 주려고 했다.

"짐이 직접 평양으로 가서 선수들을 격려할 것이다. 행차를 준비하라."

"예. 폐하."

황제와 조정 그리고 조선의 모든 사람들이 선수들의 승리를 기원했다.

한편 조선의 첫 경기가 치러지는 동안 잉글랜드는 휴식을 취하고 간단한 몸 풀기로 지친 몸을 회복시키고 있었다. 조선에서 마련해준 연습장에서 몸 풀기를 하다가 이틀 전의 경기를 곱씹었다.

"놈들의 체격이 좋지 않았지만 전술은 정말 좋았지……."

"일본 말이야?"

"그래. 공을 차는 기술이 그리 좋은 편은 아니었지만 우리보다 나았던 점이 분명히 있었어. 그렇지 않았다면 우리가 대승을 거뒀겠지… 단순히 온 힘을 다해서 뛴다고 그런 결과가 나진 않아. 특히 종주국인 우릴 상대한다면 말이야. 동양은 우리 생각보다 만만치 않을 수 있어."

한 선수가 자신의 생각을 동료 선수들에게 밝혔다.

"고려의 영향을 받은 거겠지. 그 정도 규모의 경기장들이 있고 잔디 관리 상태며 열광적인 관중을 생각한다면 고려는 분명히 강팀일 거야. 강국인 만큼 다른 나라가 영향을 받겠지. 우리가 우승할 거라는 생각을 미리 버려야 돼.

그렇지 않으면 정말 호되게 당할 거야.”

“방심하지 않고 최선을 다해야 해.”

“그래. 맞아.”

여객기를 탈 때 느꼈던 기분을 떠올리며 반드시 우승할 수 있다는 믿음을 버리고 최선을 다해서 월드컵에서 우승하고자 했다. 그리고 부와 명예를 함께 얻고자 했다.

잔디 위에 앉아서 몸을 쭉 뻗으며 회복 훈련을 할 때였다. 잉글랜드 수석 코치가 급히 달려와서 감독에게 말했고 함께 심각한 표정을 지었다.

선수들의 시선이 두 사람에게 향했다.

감독이 오자 낌새를 알아차린 주장 선수가 물었다.

“고려와 스페인의 경기 결과가 나왔습니까?”

감독이 대답했다.

“고려가 이겼다. 그것도 5대0으로 말이다.”

“예……?”

“놈들이 예상보다 훨씬 강한 것 같다…….”

감독의 이야기에 선수들이 술렁였다. 한 선수가 물었다.

“저… 정말로 5대0입니까?”

“그래.”

“조작한 게 아니고요?”

“그럴 리가 있겠나. 스페인이 돈을 받고 일부러 져주지 않는 한은 말이야. 그리고 그렇게 조작한 게임은 큰 점수 차가 나지 않아. 고려가 순전한 실력으로 이긴 거다.”

"맙소사……."

"아마도 우리가 계속 이긴다면 결승에서 만나게 될 거다."

스페인을 상대로 5대0으로 이겼다는 사실이 믿어지지 않았다. 스페인은 잉글랜드 대표와 경기를 치러도 크게 밀리지 않는 축구 강국이었다.

그 나라엔 '마드리드'라 불리는 최고의 팀이 군림하고 있었다. 조선이 스페인을 상대로 대승을 거뒀다는 말에 잉글랜드 선수들은 크게 긴장할 수밖에 없었다.

잔뜩 경계를 보이며 감독에게 말했다.

"이렇게 느긋하게 회복훈련만 할 수 없습니다."

"우리도 뭔가 새로운 작전을 개발해야 됩니다."

선수들의 요청에 감독이 고개를 끄덕였다.

"좋아. 그러면 고려가 예상할 수 없는 세트 플레이를 준비하도록 하지. 아껴뒀다가 고려와 맞붙었을 때만 쓴다. 알겠나?"

"예! 감독님!"

"이번 대회에서 우리의 최대 적수는 고려다."

모든 전술의 목표를 조선에 맞춰서 훈련하려고 했다. 그러면서 남은 경기를 모두 이겨서 결승에 진출하고 조선과의 대결을 준비했다.

여유가 사라지고 긴장과 최선이 남았다.

잉글랜드의 다음 경기인 덴마크와의 경기에서 잉글랜드

는 4점을 득점하고 한 점도 내주지 않는 철통 수비를 선보였다. 그리고 조선은 스코틀랜드를 상대로 8득점을 하며 상상을 초월하는 경기 결과를 냈다.

승리한 선수들이 함성을 질렀다.

"이겼다!"

"와아아아아~!"

패한 스코틀랜드 선수들은 어안이 벙벙했다.

"대체 무슨 마법을 부린 거야?"

"우리 축구가 이렇게 허망하게 고려에게 박살나다니……."

"말도 안 돼……."

영국 안에 스코틀랜드가 있는 만큼 스코틀랜드 또한 축구 종주국이기도 했다.

경기를 지켜본 기자들 또한 크게 충격을 받았다.

그들은 조선이 어떤 축구를 벌였는지 알고 있었다. 90분간 지켜본 것을 기억했다.

"쉬지 않고 달렸지……?"

"그…그랬던 것 같아……."

"공격에서부터 수비까지… 그런 축구를 하는 것은 처음 봤어… 잉글랜드가 이길 수 있을까?"

영국에서 온 기자가 동료 기자들에게 물었다.

곁에서 그것을 듣고 있던 미국 기자가 말했다.

3자의 판단이 때론 정확할 수가 있었다.

"어제 잉글랜드의 경기를 봤었는데 힘들 거야. 고려의 축구는 우리가 생각하지 못한 너머의 세상에서 펼치고 있어. 세상의 어떤 나라와 축구 대표도 고려를 이길 수 없을 거야."

미국 기자의 말에 영국 기자들이 반박할 수 없었다.

그저 할 말을 잃고 승리를 즐기는 조선 대표 선수들을 봤다. 그리고 패배를 예측했다.

"결승전에서 패할 거야……."

"고려가 어떤 경기를 했는지 알려줘야 해. 안 그러면 정말로 대패할 거야."

다음 날 전술 훈련을 벌이는 잉글랜드 팀 훈련장으로 가서 조선 선수들이 어떤 경기를 벌였는지 알려줬다.

이야기를 듣고 감독과 코치의 표정이 어두워졌다.

함께 듣던 선수들도 미간을 바짝 끌어당긴 채 깊은 경계감을 나타냈다. 감독이 영국 기자에게 물었다.

"정말로 마라톤 선수처럼 뛰어다녔단 말이오?"

"예."

"공을 다루는 기술은 어땠소?"

"드리블 또한 수준 이상입니다. 제가 본 선수 중 몇몇은 세상의 어떤 대표팀을 상대해서도 2명 정도는 가볍게 제칠 수 있습니다. 체격 또한 다른 동양 선수들과 다르게 듬직합니다. 키도 크고 말입니다. 제대로 대비하시지 않으면 낭패를 당할 수 있습니다."

만만치 않다는 것은 처음부터 알고 있었다. 하지만 시간이 지나면서 조선팀에 관한 정보를 접할 때마다 대회 우승을 하기에 부족함이 없다는 것을 알게 됐다.

감독이 기자에게 고마움을 표시했다.

"고맙소. 알려줘서. 그리고 추가 정보가 있으면 알려주시오."

"알겠습니다."

기자들을 보내고 짧게 생각했다.

선수들이 감독의 지시를 기다렸고 감독은 기자가 준 정보를 토대로 할 수 있는 것이 별로 없다고 생각했다.

체력은 고작 1~2주 만에 만들 수 있는 게 아니었다.

"고려는 고려고, 우리는 우리다! 그러니까 우리가 준비한 세트 플레이 작전을 완성시킨다! 알겠나?!"

"예! 감독님!"

공을 띄우고 점프해서 헤딩을 하는 연습을 했다.

그리고 몇 번의 승리를 더 이루고 조선 또한 전승하며 준결승에 올랐다.

잉글랜드가 미국을 상대로 3대1로 승리했다. 조선은 독일을 상대로 6대0으로 완파했다.

온 백성이 잉글랜드와 치르는 결승전을 기대했다.

"세계축구선수권 대회에서 결승전이라니!"

"우리 축구가 이렇게 강한 줄 정말 몰랐어!"

"영길리 놈들이 축구 종주국이라고? 축구가 영길리에서 생겨봐야 무슨 소용이야! 우리가 최강이야!"

"대조선제국 만세다!"

"만세! 만세! 만세!"

거리를 메운 백성들이 만세를 부르짖었다.

조선의 국기인 태극기를 들고 곳곳을 누비면서 행진했다. 조선 국가대표 선수들이 입는 운동복과 비슷하게 붉은색 상의를 입고 조선의 승리를 기원했다.

조선의 자부심과 할 수 있다는 자신감이 넘쳐났다.

대회의 마지막을 장식하는 결승전이 열렸다.

한성구장에 굉음을 내는 차가 들어와 운동장 외곽을 한 바퀴 돌며 사람들의 시선을 끌었다.

경기를 앞두고 연습하던 선수들의 고개가 돌아갔다.

"저거 뭐야?"

"배라리잖아?!"

"갑자기 경기장에 배라리가 어째서……!"

차종은 중요하지 않았다. 그저 앞발을 올린 말 문양 하나로 사람들에게 설명하는 데에 족했다.

경기장 후원 광고 간판에 배라리 문양과 회사명이 쓰여 있었고 사람들은 경기장에 들어온 배라리의 신차를 보면서 궁금증을 가질 수밖에 없었다.

경기장 직원이 마이크와 스피커를 통해서 사람들에게 알렸다.

─경기가 끝나고 표 번호 중 한분에게 추첨을 통해 배라

리사의 신차인 104를 드리겠습니다! 추첨 때까지 관중 여러분은 꼭 표를 가지고 있어 주세요!

"오오!"

—최우수선수로 선정된 선수에게도 배라리 104가 부상으로 수여됩니다!

조선말에 이어 영어로도 설명됐다. 그것을 들은 선수들의 눈이 번쩍 뜨였다.

"배라리라고?!"

"영국에도 없는 신차야! 104라니?!"

"설마 시속 100킬로미터까지 4초밖에 안 걸린다는 건가?!"

"이럴 수가?!"

잉글랜드 주장이 선수들에게 크게 외쳤다.

"배라리 준다잖아! 미친 듯이 뛰어!"

"그래! 주장!"

개인 포상이 다른 대회와 달라도 남달랐다.

신차 배라리가 부상으로 수여된다는 소식에 잉글랜드 선수들은 온 힘을 다해서 뛰며 경기 최우수선수에 뽑혀야 된다고 생각했다.

그리고 연습 시간이 끝나고 대기실로 돌아갔다.

시작 직전에 선발 선수들이 일렬로 늘어섰다.

잉글랜드 선수들은 처음으로 조선 선수들을 가까이서 보게 됐다. 그들의 신체를 보며 갖은 생각을 했다.

'큰 근육인데 잔 근육이다…….'

'키도 크고 몸싸움을 벌이면 만만하지 않겠어.'

'어째서 독일이 졌는지 알 것 같아…….'

긴장하며 앞을 봤고 계속해서 조선 선수들을 힐끔힐끔 쳐다봤다.

경기장 방송이 선수들에게 들렸다.

―선수 입장!

결승전을 장식하는 악단의 연주 소리가 울려 퍼졌다.

선수들이 입장하자 관중석에서 하늘을 깨부술 만큼 큰 응원 소리가 울려 퍼졌다.

조선의 응원 단장이 크게 외쳤다.

"오! 필승! 고려!"

쿵쿵! 쿵! 쿵쿵!

북소리가 울려 퍼졌고 이어 관중들이 '코리아'를 부르짖었다. 일방적인 응원이 펼쳐질 것 같았다.

'새빨갛군!'

붉은 물결이 일었다. 그러한 풍경을 교체 선수들과 함께 있는 김천이 보았고 귀빈석에서 이희와 장성호가 함께 보고 있었다.

이희가 입장했다는 사실이 방송을 통해서 알려지자 관중들이 만세를 크게 외쳤다.

"대조선제국 만세!"

"와아아아!"

함성이 너무 커서 가슴이 떨릴 지경이었다.

서서 관중들의 환호를 들은 이희가 경기장을 돌아보고 귀빈석에 앉았다.

그리고 감격을 드러내면서 장성호에게 말했다.

"살면서 이런 날이 올 줄은 정말 몰랐군."

"신도 마찬가지입니다."

"금일 백성들이 이렇게 우리 선수들을 응원하니 조선을 대표하는 선수들이 반드시 이길 것이다. 그렇지 않은가?"

"그렇게 확신합니다. 우리 선수들이 반드시 우승할 겁니다. 폐하."

장성호의 확신에 이희가 미소를 지었다.

장성호는 곁에 앉은 김인석과 웃으면서 경기를 지켜보았다. 김인석이 수고했다는 말을 장성호에게 전했다.

"정말 수고했네."

"감사합니다. 하지만 저보다는 세계축구연맹 직원들과 김회장의 수고가 더 큽니다."

"우승하면 서양이 우리 축구를 인정하겠군."

"예. 그리고 우리에 대한 모든 것을 연구하려 할 겁니다. 심지어 입고 있는 옷과 음료까지 말입니다. 광고판의 회사들에게 유럽 진출이 약속될 겁니다."

이미 서양에 진출한 회사가 있었다. 배라리가 그랬고 금성차가 그랬다.

그러나 유럽에서 비슷하게라도 만들 수 있는 물품이 있으면 찾는 사람들이 없어서 진출하지 못한 회사들이 있었다.

월드컵 우승을 토대로 길을 열고 그 위를 걸으려고 했다. 광고판에 '개또라이'라는 사명과 번개 문양이 새겨져 있었다.

이윽고 선수들이 서로 인사하고 일렬로 늘어서서 애국가를 제창했다. 이어서 영국의 국가가 울려 퍼졌다.

심판이 동전던지기를 했고 선공이 정해지면서 양 팀의 선수들이 흩어졌다.

직후 호각 소리가 울려 퍼졌다.

삐익—!

"시작이다! 북소리를 울리시오!"

쿵쿵! 쿵! 쿵쿵!

"오! 필승! 고려!"

"어어~?! 어어어!"

응원이 제대로 울려 퍼지기 전이었다.

선공을 벌이는 잉글랜드 선수들이 공을 뒤로 돌렸고 뻥! 하는 소리와 함께 조선 팀 진영으로 날아들었다.

그때에 맞춰서 잉글랜드 선수들 중 7명이 일제히 달려들었고 공을 따내려고 했다.

관중이 비명을 지르는 가운데 잉글랜드의 최전방 공격수가 후방에서 넘어오는 공을 받으려고 했다.

그 순간 퍽! 하는 소리와 함께 나자빠졌다.

심판이 호각을 불며 경기를 중단시켰다.

쓰러진 잉글랜드 선수를 확인하고 손을 들어보였다.

이희가 장성호에게 물었다.

"지금 무슨 일이 일어난 것인가?"

쓰러진 잉글랜드 선수를 보면서 장성호가 대답했다.

"영길리 선수가 쓰러져서 심판이 들것을 불렀습니다. 아무래도 기절한 것 같습니다."

"기절이라고?"

"예. 폐하. 우리 선수들의 몸은 바위와 같습니다."

조선 수비수와 잉글랜드 공격수의 경합이 이뤄졌다.

그때 튕겨나간 잉글랜드 선수가 떨어지면서 기절했고 그대로 들것에 실려서 밖으로 나갔다.

그 모습을 보고 잉글랜드 선수들이 크게 긴장했다.

'대체 고려 놈들의 몸이 어떻기에…….'

'몸싸움 한번으로 튕겨 나가는 것도 모자라서 기절하다니!'

'악을 쓰면서 덤벼들지 않는 한 절대 이길 수 없을 거야……!'

조선 선수들이 벽을 세웠다. 잔디 위에 공을 놓은 잉글랜드 선수가 호흡을 가다듬고 벽을 넘기는 슈팅을 때렸다. 조선의 골키퍼가 구석으로 향하는 공을 잡았다.

수비를 보던 조선 선수들이 간격을 벌렸고 골키퍼가 빈자리를 찾은 멀리 있는 선수에게 공을 던졌다.

직후 빠른 역습이 시작되었다.

"전원 공격이다! 뛰어!"

공을 가진 선수와 골키퍼를 제외하고 모든 선수들이 뛰었다.

그 모습을 보고 잉글랜드 선수들이 당황했다.

"뭐… 뭐야?!"

주장이 크게 외쳤다.

"어서 뛰어! 놈들의 역습이야! 수비수는 놈들의 공격을 차단해!"

조선 공격수에게 공이 넘어갔고 잉글랜드 수비수가 그 앞을 막으며 지키려고 했다.

그때 측선을 따라 조선의 오른쪽 수비수가 전방으로 뛰었다. 공격수가 옆으로 추월하는 수비수에게 패스했고 잉글랜드의 수비가 단번에 깨졌다.

오른쪽 깊숙이 공을 몰고 간 수비수가 공을 띄웠다.

그 공은 문전 앞에서 경합을 벌이던 공격수의 머리를 향해서 날아들었다.

모두가 공격수가 골을 넣을 것이라고 생각했다.

그때 반전이 일어났다. 달려들던 조선의 미드필더가 머리로 공을 세차게 받았다.

뻥!

철썩!

"와아아아~!"

"득점이다!"

그물이 크게 흔들렸고 관중이 벼락같은 함성을 일으키며 일제히 자리에서 일어났다.

모두가 노래하며 춤을 추었다. 골을 넣은 선수는 검지를 치켜들며 득점의 기쁨을 마음껏 누렸다.

경기를 시작한지 10분도 안 되어서 잉글랜드 선수들이 실점했다. 잉글랜드 선수들은 실점하던 순간을 곱씹었다.

"이걸 어떻게 이겨?"

"괴물이잖아… 이건…….."

그동안 들어왔던 것 이상이었다.

무엇보다 조선이 선보인 전술은 잉글랜드 선수뿐만이 아니라 함께 온 기자들에게도 충격을 안겨줬다.

초전에 기습을 보였던 잉글랜드의 작전과 기어처럼 맞물리는 조선의 역습은 차원이 달랐다. 그것이 우연이기를 바랐다.

심판이 경기장 중앙에 공을 놓고 호각을 불었다. 경기가 재개되었고 공을 돌리던 잉글랜드 팀이 수비수 쪽으로 공을 패스했다.

그때 조선의 공격수가 번개같이 달려들었다.

'이런!'

"그냥 차!"

동료 선수가 크게 외쳤다. 공을 가진 잉글랜드 수비수가 급히 공을 찼고 그 공은 끝내 조선 공격수를 맞고 튕겨났다.

그 순간 다른 공격수가 공을 낚아채서 드리블을 했다.

그를 붙잡으려고 수비수가 손을 뻗었다.

그러나 손을 뿌리치고 조선 공격수는 끝내 골문 안으로 공을 차 넣었다.

다시 호각 소리가 울리고 관중들이 환호성을 질렀다.

"또 들어갔어!"

"영길리를 상대로 또 득점했다!"

"와아아아~!"

관중들의 함성이 다시 폭발했다.

선수들을 지휘하던 김천이 주먹을 치켜 올렸고 벤치에 앉아 있던 선수들이 일어나면서 기뻐했다.

2번째 득점이 이뤄졌을 때 사람들은 경기의 승패가 어떻게 날지 알게 됐다.

잉글랜드 감독과 선수들은 더 이상 발버둥 쳐봐야 이길 수 없다는 것을 느꼈다. 그러나 그렇다고 해서 순순히 패배만 받아들일 수 없었다.

'한 골이라도 넣어야 해!'

'제발!'

초반에 휘몰아치던 조선의 공세가 잦아들었다.

공방이 오가다가 조선 선수의 패스가 잉글랜드 선수의 발을 맞고 끊겼다.

드디어 잉글랜드 팀에게 기회가 주어지는 듯했다.

"역습이다!"

"전방으로 뛰어!"

그러나 그 기회를 조선 선수들이 주지 않았다. 김천이 선수들에게 크게 소리쳤다.

"전원 수비!"

 한명도 남기지 않고 본 진영으로 뛰었다.

 그러면서 공 주위의 조선 선수들이 잉글랜드 선수에게 바짝 붙으며 드리블 실수가 나오게 만들었고 패스 실수가 나오게 만들었다.

"제기랄!"

 결국 기회를 살리지 못했고 그대로 전반전이 끝났다.

 관중석에서 계속 함성이 울려 퍼졌다.

 직원들의 안내를 따라 선수들이 대기실로 들어갔다.

 조선 선수들은 환호하면서 우승할 수 있다고 크게 외쳤고 잉글랜드 선수들은 침체된 분위기 속에 있었다.

 경기가 계속되면 전례 없이 대패할 것 같았다.

 감독에게 선수들이 이야기했다.

"몸이 바위 같았습니다!"

"수비수가 공격에 나서는 것을 처음 봤습니다!"

"이제 어떻게 해야 됩니까? 감독님?!"

 선수들의 말에 감독은 쉽게 입을 열 수 없었다.

 작전을 변경하거나 새로운 전술을 지시해야 되는데 그런 것들이 모두 소용없을 것 같았다.

 그때 대기실에 있던 음료가 선수들의 눈에 띄었다. 한 선수가 음료 통을 들었다.

"이 마크… 광고판의 마크와 같은데……?"

음료통에 새겨진 문양을 보고 다른 선수가 말했다.

"아까 전에 봤는데 고려 선수들이 이따금씩 마시더라고."

"혹시, 놈들의 체력이 이 음료에서 나오는 거 아냐?"

"설마, 그럴 리가."

"그런데 이게 왜 여기에 있지?"

그동안 영국은 선수들의 수분 보충을 위해 소금을 탄 물을 마셨다. 대기실에 있던 세계축구연맹 직원이 새로운 음료에 대해 알려줬다.

감독과 선수의 이목이 집중됐다.

"결승전 후원 음료입니다."

"결승전 후원 음료?"

"예. 개또라이라고 마시면 미친 듯이 뛸 수 있다고 해서 개또라이입니다. 개또라이는 미친 사람의 강조형 고려말입니다. 보통의 물보다 몸에 흡수가 빠른 음료입니다."

설명을 듣고 선수들이 멈칫했다. 그러다가 한 선수가 뚜껑을 따서 개또라이를 마셨다. 옆의 선수가 소리쳤다.

"야!"

"어흑!"

"야! 괜찮아?!"

모두가 개또라이를 마신 선수를 봤다. 그 선수는 인상을 찡그렸다가 피면서 말했다.

"이거, 맛있는데?"

직원이 말했다.

"마시기 좋게 레몬 향과 단맛을 첨가했습니다. 그래서 맛있을 겁니다."

설명을 듣고 잉글랜드 선수들이 술렁였다.

선수들이 감독의 눈치를 살폈고 감독은 고민하다가 음료를 마셔도 된다고 말했다.

그렇게 해서라도 조선에게 한 골이라도 넣고 싶었다.

음료를 마신 선수들이 서로에게 말했다.

"별 느낌 없는데?"

직원의 말에 그다지 신뢰가 생기지 않았다.

결국 선수들은 조선처럼 사이드 수비수가 공수를 오가는 것으로 감독으로부터 지시받았다. 그리고 개또라이의 의미대로 미친 듯이 뛰어야겠다는 다짐을 했다.

후반이 시작되었고 공방이 활발하게 이뤄졌다. 10분이 지나고 나서야 음료의 효과를 느낄 수 있었다.

'목이 안 말라!'

'물을 마셨으면 몸이 무거워서 이미 지쳤을 텐데, 개또라이가 이런 음료였다니!'

'수분을 제대로 보충했어! 이제 우리도 고려와 비슷해졌어! 두고 봐!'

최대한 빨리 골을 넣어서 조선이 낸 점수를 따라가려고 했다. 온 힘을 다해서 개또라이처럼 뛰기 시작했다.

공을 가진 조선 선수들에게 달려들었고 몸을 부딪치면서

공을 빼앗아 역습하려고 했다. 그렇지만 잉글랜드 선수들은 장렬하게 3골을 더 내어주고 대패했다.

총 점수 5대0으로 축구 종주국의 위상이 무너졌다.

호각 소리와 함께 울려 퍼지는 환호를 들으면서 잉글랜드 선수들이 주저앉았다.

"졌다……."

"아무것도 못 했어……."

"어떻게 이런 일이……."

경기장 안에서 자부심 넘치는 관중의 외침이 울려 퍼졌다.

"만세! 만세! 대조선제국 만세!"

"영길리를 이겼다!"

"와아아아아~!"

함성이 크게 울려 퍼졌다. 더 이상 웅크리지 않는 조선의 위대함이 하늘 높이 울려 퍼졌다.

한 나라의 영광이 흩어지고 새로운 나라의 휘광이 뿌려졌다. 그 나라는 세상의 중심축을 돌려놓았다.

서양에서 동양으로 사람들의 모든 시선이 옮겨지고 있었다. 조선이 곧 세상의 표준이 되려고 했다.

그 미래가 펼쳐지려고 했다.

〈다음 권에 계속〉

어울림 BOOKS 신인 작가 대모집!

어울림 출판사는 무한한 상상력과 뜨거운 열정을 가진 작가 여러분을 기다리고 있습니다.
창작에 대한 열의가 위대한 작품으로 꽃피울 수 있도록 저희 어울림 출판사가 여러분의 힘이 돼 드리겠습니다.

지금 도전하십시오!

모집 분야 : 판타지, 역사, 무협, 로맨스 등
모집 대상 : 아마추어, 인터넷 작가등 열정을 가진 모든 작가
모집 기한 : 수시 모집
작품 접수 방법 : 당사 네이버 카페 또는 이메일을 이용해 주십시오.

파일 형식은 제한이 없으나 원활한 원고 검토를 위해 '.HWP' 형식으로 보내주시고, 파일에 연락처도 함께 기재해주시면 됩니다.

채택된 작품은 정식 계약을 통해 출판물로 간행됩니다.
간행된 출판물은 당사의 유통망을 이용하여 전국 서점으로 배포됩니다.
※ 문의 사항은 네이버 카페(http://cafe.naver.com/oulim0120)를 이용하시기 바랍니다.

경기도 고양시 일산동구 장항동 731 동하넥서스빌딩 307호
어울림 출판사 신인 작가 담당자 앞
전화 031) 919-0122 / **E-mail** 5ullim@daum.net